江戶川亂步 著
陳冠貴 譯

和日本文豪一起推理

〈上冊〉江戶川亂步的破案筆記

目次

上冊

作者序
本書的結構
◎江戶川亂步

由於社會思想研究會出版部的建議，我試著從隨筆中蒐集了有關解說偵探小說詭計的部分。關於詭計，我另外寫過〈詭計類別集成〉（收錄於早川書房版《續幻影城》中），但這些條目是寫給對偵探小說熟悉的人，並不適合當作一般讀物閱讀，因此本書僅將其目次附於卷末作為參考，並無刊載所有內容。

後來，我針對這篇「詭計集成」的某些部分，以更為淺顯易懂的方式寫過幾篇隨筆，因此本書也蒐集了這幾篇隨筆，加上其他關係近似的〈魔術與偵探小說〉（下冊）、〈驚險之說〉（下冊）等，還有為了本書新寫的〈密室詭計〉長達三十五張稿紙，整理成首尾一貫的文章。

〈詭計類別集成〉將八百餘種的各類詭計分成九大項目解說，這些項目與本書隨筆之間的關係，請參考下文所示。這些內容也請參照卷末的〈附錄一：「詭計類別集成」目次〉。

第一、有關犯人的詭計

此項目占最大的兩部分為「一人分飾兩角」、「其他意外的犯人」，而本書〈意外的犯人〉與〈奇特的構思〉（的一部分）這兩章節則從此兩者挑出有趣的部分撰寫隨筆。

第二、有關犯罪現場與痕跡的詭計

此項目為①密室詭計②足跡詭計③指紋詭計，本書的〈密室詭計〉章節把①改寫得更為詳細，此外③與本書〈明治的指紋小說〉（下冊）有關。

第三、有關犯罪時間的詭計

此項目因為缺乏寫得淺顯易懂的隨筆說明，本書並未刊載。

第四、有關凶器與毒物的詭計

本書〈當作凶器的冰〉與〈奇異的凶器〉兩章節淺顯易懂地說明了此項目有關凶器的部分。關於毒物則缺乏相關的隨筆。

第五、隱藏人與物的詭計

本書〈隱藏方法的詭計〉從此項目中選出有趣的例子詳細記載。

第六、其他各種詭計

此項目列舉了非屬第一到第五的二十二種不同詭計，本書〈奇特的構思〉（的一部分）與〈可能性的犯罪〉詳細記載了其中的兩三種。

第七、暗號記法的分類

此項目的原文寫得稍微好懂易讀，因此在本書（下冊）原封不動再次刊載。

第八、奇異的動機

這一項也與前項相同，不過內容有些省略。

第九、揭發犯罪的線索

此項目的內容非常貧乏，也無其他改寫的內容，因此本書省略。

昭和三十一（一九五六）年五月

江戶川亂步

奇特的構思

之後的偵探小說家繼承了這個構想，幾乎所有的野獸、鳥、昆蟲等等都能喬裝成犯人，令人出乎意料。此外，也有反過來讓人以為動物是犯人，其實是人類犯行的手法。

本章節談的是過去的偵探小說家，特別是盎格魯薩克遜裔的作家，想出了怎樣的奇特戲法詭計。

我在昭和二十八（一九五三）年曾寫過〈詭計類別集成〉這篇文章，蒐集了自古以來以英美偵探小說為主，其中使用的八百多個詭計，我將這八百多個詭計壓縮成大概一百五十張稿紙的內容，因為這是內行人取向的條目，又將其中的一部分詳細寫成隨筆風格，刊登於雜誌之類的刊物。譬如〈當作凶器的冰〉、〈無臉屍〉、〈隱藏方法的詭計〉、〈可能性的犯罪〉等等。

本章節我嘗試從這篇〈詭計集成〉中盡量選出幾個和以上諸篇不重複，又奇特的詭計，寫得稍微仔細些。每個都是老作品，熟悉偵探小說的讀者不覺得稀奇的故事，如此陳舊的地方反而有許多有趣的構思。我想一般讀者應該多少有興趣吧！

人類以外的犯人

只要有殺人事件，首先就會想到人類的犯人。偵探小說的開山始祖愛倫・坡（Edgar Allan Poe）突破了這個盲點，以作品《莫爾格街凶殺案（*The Murders in the Rue Morgue*）》創造先例，提出人類以外的犯人，令人瞠目結舌。這篇作品的劇情是搜查時一直以為犯人是人類，但令人意外的其實犯人是一隻大猩猩。之後的偵探小說家繼承了這個構想，幾乎所有的野獸、鳥、昆蟲等等都能喬裝成犯人，令人出乎意料。此外，也有反過來讓人以為動物是犯人，其實是人類犯行的手法。下文就是一個奇特的例子：

某馬戲團有一位馴獅人，表演把自己的頭放進張口的獅子嘴裡。這是千鈞一髮的危險技藝。有一天，在觀眾參觀前，馴獅人把頭放進獅子口中，獅子居然立刻一口咬合，咬碎了他的脖子，馴獅人瞬間被殺。

如此馴化的獅子竟會失常咬人，經過調查之後，發現有人在殺人事件不久前看到那頭獅子皺鼻露出笑容。獅子會笑真是件可怕的事。

結果逮捕的犯人是人類。揭開謎底簡單來說，就是馬戲團員裡有人對馴獅人懷恨在心，想出此妙計，目的是偽裝成獅子的犯行殺了對方。他在馴獅人的頭上，偷偷先撒上噴嚏藥，等他的頭一放進獅子嘴裡，獅子就打噴嚏，這時就能讓獅子咬死他。這名犯人先前在獅子的嘴裡放入噴嚏藥做實驗時，獅子笑了。那是因為牠鼻子癢，才會露出像笑的表情。這是三十幾年前英國的短篇作品，但我認為這個情節如果應用在江戶時代的推理小說應該很有趣，也說不定早就用過了。

犯人非人類的稀奇故事，還有用木製人偶開槍殺人的構想。某房間中站著一尊和真人一樣大的人偶，半夜睡在這間房間的男子被槍殺了。門被從中反鎖，沒有任何人出入的跡象。調查後發現，人偶的右手握著手槍，而且最近才剛開過一槍，是人偶殺了人？

謎底揭曉這犯人還是人類，他從人偶正上方的花瓶或某個東西，設下了像雨滴似的一滴一滴滴落水珠的裝置。水滴不斷滴在人偶拿著手槍的手上，經過幾小時，因為溼氣讓木質產生膨脹，人偶的手指就會扣動手槍的扳機。

更離奇的是太陽殺人的故事。當然這不是中暑，也不是卡謬的異鄉人，因為太陽惹禍所以殺人那種心理性的故事。我指的是純物理的殺人手法。

有人在一間密室中被射殺，射出子彈的獵槍放在距離被害者很遠的桌上，已知是由那把槍裡填充的實彈發射，可是卻毫無犯人出入的痕跡。因為獵槍不可能獨自發射，讓這起事件看起來非常不可思議。這時名偵探現身，表示「這是太陽與水瓶的殺人案」，更令人感到萬分不可思議。

這起事件的謎底是，從玻璃窗射入的陽光照在桌上的水瓶，而那個圓形燒瓶形狀的水瓶有透鏡的作用，偶然把光聚焦在舊型獵槍的點火孔上，因此引發實彈發射。美國的老偵探作家波斯特（Melville Davisson Post），以及法國的盧布朗（Maurice Leblanc）用過這個構思；我在學生時代也想過和這兩人不同的構想，寫過笨拙的短篇。以時間早晚來說，波斯特和我差不多是同時，盧布朗則晚於我們兩人。

兩間房間

A男應B男之邀半夜到位於大樓一樓B的辦公室。兩人在這裡喝酒談天，B看準了A疏忽大意的時機，突然襲擊，塞東西到他嘴裡，並把A的手腳綁在長凳上。接著拿出一個發出喀擦喀擦，時鐘走動聲音的黑色箱子，告訴他這是限時炸彈，幾點幾分就會爆炸，你的性命就到這裡為止了，並把箱子放進長凳下就離去。A恐懼萬分，幾經掙扎，不久後昏了過去。這是因為剛才的酒被下了強效安眠藥。

不知睡了多久，A忽然張開眼一看，發現還是被綁在原來的房間。這時他立刻想到限時炸彈，又聽見長凳下傳來時鐘喀擦喀擦的聲音。一看掛在牆上的時鐘，距離爆炸時間只剩兩分鐘了。他掙扎再掙扎，這時不知怎麼回事，繩索鬆開了。他手忙腳亂地胡亂掙脫繩索，還剩三十秒。迅速飛奔離開房間跑到走廊，對面有扇通往屋外的門。門外應該有大概三階的石階，旁邊就是馬路，撞上門時他發現幸好門沒鎖，推開門往外邁出一步。不料就在此時，A發出一聲「啊！」掉進了無底洞中。那麼深的洞是什麼時候挖的？不，並非如此。其實是他以為自己在一樓，卻變成九樓了，那不是通往屋外的門，他開的是電梯的門，跳進了電梯井。A當然就此斷氣。

犯人B在那棟大樓的九樓，先布置好和自己一樓辦公室完全相同的房間。再把用安眠藥迷昏的A，抬到九樓的房間，綁在和一樓完全一樣的長凳上，而房間前面走廊的電梯門，他也預先將門鎖拆掉。從地毯、壁紙、椅子、桌子、牆壁裱框的畫作，以及時鐘等等，他布置出一切分毫不差的兩間房間，這點就是這個詭計的創意。

A墜落電梯井被認為是意外死亡，犯人完全沒引起懷疑。即使知道大樓的一樓和九樓有完全相同裝潢的房間，也難以直接和A的墜落死亡有所連結。這是三十幾年前的老作品，我覺得這個構想很有趣，讓我留下深刻的印象。

這個「兩間房間」的詭計，時隔久遠後，被美國的知名偵探小說家卡爾（John Dickson Carr）和昆恩（Ellery Queen）以其他形式使用。特別是昆恩把「兩間房間」擴大成「兩棟建築物」的詭計，他讓三層石造的巨大建築物在一夜之間消失得無影無蹤，成長為出類拔萃的構思。

列車消失

英國某位知名的偵探作家想出了很奇特的點子。晚上有一長列貨物列車從X車站抵達下一站Y站，卻有一節中間的貨車遺失了。離開X站時確實還在的貨車，中途未曾停車即抵達Y站，這時卻消失得無影無蹤。那節貨車上裝著許多高價的美術品，整台貨車連同美術品一起被偷了。位在不曾停車的列車中央的貨車，竟然只消失了一節，物理上是不可能的現象。到底是怎麼回事，這種事可能嗎？讀者感到驚異萬分，可怕的懸疑情節，令人沉迷其中看得愛不釋手。

作者究竟怎麼把這種不可能化為可能？其實是因為他發明了非常麻煩的大規模戲法。

在Ｘ站與Ｙ站中間的荒涼山中，有一段廢棄的支線。犯人就是利用了這段支線。他所想出的詭計是，僅讓目標貨車進入這條支線，不須斷開後方的貨車，只要順利抵達Ｙ站，就能達成這不可思議的結果。

為達成此目標，需要三個人共謀。Ａ躲在那台指定的貨車中；Ｂ在支線的關鍵處等待；Ｃ的任務則是跳到滑進支線的貨車上踩煞車。

列車出發前，他們事先把一條兩端附鉤子的粗長繩索藏在貨車中，從Ｘ站一出發，Ａ就把這條繩子兩端的鉤子掛在目標貨車前的連結器與後面車廂的連結器上，再將繩索繞到目標貨車的外側。這樣一來粗繩就連接了目標貨車前後的車廂。

等到列車一靠近支線，Ａ就解開前後車廂的連結器，讓前車與後車僅用繩索連接。而在關鍵處等候的Ｂ，則看準前車的車輪過支線的交叉點後，急忙放下轉轍器，讓目標貨車滑進支線。然後，等後面車輪通過交叉點的瞬間，又迅速把轉轍器恢復原位。就這樣只有目標貨車進入支線，而後方的幾輛貨車則被粗繩拉走，繼續往本線前進。等候準備的Ｃ則跳上進入支線的貨車，拚命踩煞車。接著貨車則剛好停在深邃森林中的隱密處。因此可以慢慢運出車中的美術品。

車上的A在貨車斷開衝出的瞬間，跳到前車上，抓住連結器旁的鐵梯蜷縮著身體。最後列車靠近Y站時，隨著速度放慢，被繩索拉住的後車，就會因慣性追上前車，哐啷一聲撞上。A趁這個機會把前後車的連結器接上，拆下鬆弛的繩索扔到地上，自己也從貨車跳下，把繩索拖走藏匿蹤跡。如此一來，就達成了一輛龐大貨車在X站與Y站之間，消失得無影無蹤的奇蹟。

提到貨車消失，柯南．道爾（Arthur Conan Doyle）想出了一個超越上述的奇特詭計。有一列英國常見的個人包租特別急行列車，整台列車在A站到B站之間，宛如幽靈般消失了。

B站接到A站打來的電話，表示現在那台列車已經經過，但等了又等，根本沒有火車過來。不久後，在那台列車之後經過A站的列車進入B站。詢問該列車的司機員，那台列車是不是在路上故障了，卻得到路上毫無障礙，連個列車的影子都沒看到。這一台列車宛如飛上天空，完全消失了，中途一條支線也沒有。

謎底揭曉後，原來這是多人的共謀犯罪，為了暗地埋葬包租那台列車的名人。A、B站之間雖然沒有支線，但曾有一條通往礦山的支線，那座礦山早在很久以前就廢礦了，支線也已廢棄不用，只拆下靠近本線附近的支線軌道。因此，原本不須把支線納入破案的考量。可是犯人將計就計，利用眾人的力量從其他地方搬來數條軌道，趁著夜色迅速把通往廢礦的支線復原了。然後，共犯預先搭上火車頭，用手槍威脅司機，並把火車開進趕建完成的支線，全速前進，共犯和司機都中途跳下車，讓列車直接衝進廢礦。這條支線的終點會抵達巨大的豎坑口，因此列車連同被害人及他的隨從，一頭栽進深豎坑的底部。而這附近是毫無人煙的荒涼山中，通往廢礦的鐵路兩側又是高聳的懸崖，也無法從遠處看見列車異常猛衝。

欺瞞死亡

關於欺瞞死亡有幾個奇特的構思，其中之一是利用職業殺人，讓人以為是自殺。

在某間公寓的一個房間，發現了一具飲彈自盡的屍體。一把手槍掉在屍體旁，有發射過的痕跡，而且手槍表面附著的指紋，也只有死者本人的。這樁案件當然會被當成自殺處理。畢竟嘴裡被放進手槍槍頭，應該不可能有人不抵抗，怎麼想也不會認為是他殺。

然而，真相是他殺。這是唯一能讓他殺變得極為自然的職業，也就是牙醫。雖然咽喉科的醫生也能辦到，但牙科就更方便了。只須趁著治療怨恨者的時候，把預藏的手槍槍口放進病人口中發射即可。牙科的病人總是閉著眼睛張大嘴巴，這是絕佳的機會。然後，把已經殺害的屍體搬到其他城市無人的公寓房間，旁邊扔下沾有被害者指紋的手槍就行了。這是不太知名的英國作家的短篇作品。

接下來的例子，則是明明活著卻讓人誤以為死了，從世上抹殺自己的詭計。這需要種種條件的配合，並非易事：一個早晨A男倒在暴風雨海岸的岩石上。發現他的朋友驚慌跑上岩石，叫他也沒回應，只見他臉色蒼白渾身無力，看起來就像死了。慎重起見，朋友試著按了他的右手腕脈搏，結果脈搏已經完全停止，因此急忙往住宅的方向跑去，通知醫生和警察。倒地的A目送朋友離去，滿不在乎地站起身來，往某處走去。後來大家判斷A的屍體被海浪沖走，A就此從這個世界抹殺了自己。

為什麼他的脈博會停止？這是魔術師耍的伎倆。他在腋下塞進一顆像小球的東西，用手臂卡住，強力壓迫手臂的動脈。這麼一來手腕的脈搏就會消失，這名犯人就是應用了這種奇術。這是卡爾的短篇作品。

河川上有一具浮屍。解剖後死因看起來只是一般的溺死。可是，這也可能是他殺。犯人把那條河川的水運到房間裡的洗手台裝滿。再把想殺害的對象找來，伺機壓住他的頭，把臉強壓進洗手台，過了一段時間讓他再也不能動，這個人就因為胃和肺吸入河川的水窒息而死。最後凶手再把屍體偷偷扔進河裡。這種手法自古以來就廣為人知，而克勞夫茲（Freeman Wills Crofts）的長篇作品就是用了這個方法。利用小洗手台達到溺死的目的，相當奇特、有趣。可是，這僅限在小說上能實現，實際上只要對方並非沒力氣的病人，這方法就難以成功。

利用沾水就會異常收縮的植物纖維織成布，誘使對方經常圍在脖子上。自己是醫生，把對方的咽喉弄受傷應該最適合了。地點最好選在熱帶地區。或是經過熱帶地區的輪船也不錯。接著遇到熱帶特有的疾風驟雨，人們就會歡欣鼓舞地讓這場驟雨淋在身上。此時，圍在目標對象脖子上的布就會以可怕的力量收縮，對方即使掙扎仍舊窒息而亡。這則故事是我看到的某則犯罪隨筆，但我並不知道那種植物的名字。

《ALL 讀物》文藝春秋，一九五四（昭和二十九）年十月號

◎作者簡介

江戶川亂步・えどがわ　らんぽ

一八九四—一九六五

小說家、日本推理小說開拓者，明治二十七年生於日本三重縣明張町。本名平井太郎，江戶川亂步（EDOGAWA RANPO）為其筆名，取自現代推理小說開山鼻祖的美國小說家愛德格・愛倫・坡（Edgar Allan Poe, 1809-1849）的日語發音 EDOGA-ARAN-PO。

一九二三年以〈兩分銅幣〉躍上文壇，從此展開推理小說創作。早期作品多以解謎色彩濃厚的本格派推理短篇為主，後以充滿異色獵奇風格的變格派迎來創作全盛時期，文壇甚至以「亂步體驗」來形容閱讀他的作品後帶來的特殊感官體驗。然而獨特的寫作風格如同雙面刃，一九三二年亂步因不堪批評暫時封筆，直到一九三六年復出，發表《怪人二十面相》、《少年偵探團》等作品贏得年輕讀者的喜愛，筆下的名偵探明智小五郎與犯人周旋過招的形象，更成為日本社會中家喻戶曉的角色，至今仍可於長銷漫畫《名偵探柯南》中見其影響痕跡。

戰後致力於復興推理小說，創立了專門刊載推理小說的文學雜誌《寶石》，並設立日本偵探作家俱樂部（現為日本推理作家協會）、創辦江戶川亂步獎，藉此鼓勵推理小說創作。

一九六一年獲日本天皇頒授紫綬褒章，與松本清張、橫溝正史並稱日本推理文學三大高峰。

意外的犯人

一起殺人案件中，殺人的和被殺的本應是完全對立的立場，任誰都想不到這兩者竟然是同一人。畢竟加害人與被害人，無論如何都是無法相容的存在。偵探作家（有時候現實的犯人也會）著眼於這個常識的盲點，發明了各種謎題詭計。

自從偵探小說這種小說形式發明後，才過了僅僅一百一十年，這段期間世界各國的偵探作家競相發表謎題詭計的創意，把人能夠想出的詭計幾乎蒐羅殆盡，已經沒有任何開發完全嶄新詭計的空間。

我在戰後閱讀了相當大量的英美偵探小說，一邊讀一邊做謎題詭計的筆記，共蒐集了八百餘種不同的詭計，在昭和二十八（一九五三）年秋季的《寶石》雜誌撰寫成〈詭計類別集成〉。這篇文章的內容粗略來說，可以分類為犯人想出的詭計、不可能的犯人（亦即意外的犯人）、物理上不可能的犯行（包含「密室犯罪」或足跡、指紋等等的詭計）、不可能的犯行時間、意外的凶器與毒物、意外的隱藏人或物的方法等等項目。這裡我想試著寫出這當中的「意外的犯人」的詭計。

「一人分飾二角」是「意外的犯人」中最常使用，也是種類最多的詭計。在我的集成文章中，八百個例子中有一百三十個例子是這種「一人分飾二角」的各種變形，排名第一。第二名是「密室犯罪」的八十三個例子，這兩種詭計特別引人注目。

部分「一人分飾二角」的構想，被害人就是犯人。

一起殺人案件中，殺人的和被殺的本應是完全對立的立場，任誰都想不到這兩者竟然是同一人。畢竟加害人與被害人，無論如何都是無法相容的存在。偵探作家（有時候現實的犯人也會）著眼於這個常識的盲點，發明了各種謎題詭計。

試從我的分類中挑出「被害人就是犯人」的項目如下：

（一）犯人假冒為被害人（又可以細分為犯罪前假冒與犯罪後假冒）四十七例

（二）共犯假冒為被害人（有數名犯人時，這個方法較易執行）四例

（三）犯人偽裝成被害人之一（數名被害人的情況，使用這個詭計的知名作品有范・達因（S. S. Van Dine）的《格林家殺人事件（*The Greene murder case*）》、昆恩的《Y的悲劇（*The Tragedy Of Y*）》）六例

（四）犯人與被害人完全是同一人，九例

我認為這當中（四）感覺最不可思議。犯人和被害人根本是同一人，這種事可能成立嗎？

這一項分為「竊盜」、「傷害」，以及「殺人」三種情況。

首先記錄的是「竊盜」的例子，有一位都市的第一流美術古董商，把高價的寶石賣給他多年的老客戶。一段時間後，這名老客戶帶來寶石表示台座有些損壞，要他維修。古董商收下寶石檢查後發現，這顆寶石是製作精巧的仿造品。但這位老客戶身為堂堂富豪，不可能會拿贋品過來。他這才發現，打從一開始賣出時，他一時不察賣出了贋品。這是古董商的大失誤。他也想過換成替代品還給對方，但這是非常珍稀的寶石，他手上也不可能有一模一樣的物品。如果直接修理贋品還給對方，要是有一天事跡敗露，古董商就信用掃地了。畢竟他是第一流的美術商，禁不起如此的名譽掃地。

於是古董商老闆心生窮極之策，自己假扮成小偷，偷偷從工作室的天窗溜進去，偷走寶石藏在某處。次日早晨通報失竊，警察調查後，因為清楚留有小偷進入的痕跡，就認定為遭竊。古董商向老客戶表示歉意，並歸還寶石等值款項的現金。雖然損失了整整一筆寶石的貨款，但店家的名聲是無法取代的。畢竟這是偵探小說，無法從正面寫這件事。從結果反過來鋪寫，就成了非常不可思議的故事。自己偷了自己的東西，亦即被害人與犯人是同一人。

而我的舊作就有「傷害」的例子。雖然西洋作品也有例子，但那些故事寫得不長看不出意義，且讓我引用自己的作品。這是發生在戰前陸軍高官宅邸內的事件，某天夜晚一名小偷進入無人的主人書房。年輕的主人兒子發現小偷，進入漆黑的書房，盜賊朝他開了一槍，就從窗戶逃跑了。那發手槍的子彈打中兒子的腳，他身負重傷入院治療，但成了後天的瘸子。後來在庭院的池底尋獲失竊品。

這起案件其實是兒子的獨角戲，他用手帕包住放在書房的貴重金屬，從窗戶瞄準投入池塘，還為了讓失竊更真實，用手槍射擊自己的腳。光看這些敘述，我們還是不明白為什麼這個兒子要射自己的腳。要是不察覺某件事當然不會明白，那就是他逃避兵役的動機。他的父親是將軍，無法讓他瞞混過關。因此他才想出假裝被小偷槍擊，變成瘸子，藉以逃避徵兵的好主意。也就是說，被害人和犯人是同一人。這也是添加枝葉後倒過來寫，變成稍有趣味的謎題故事。

接著是「殺人」的情況。這是殺人者與被殺者為同一人的謎題詭計。雖然會覺得這種事根本不可能發生，但把不可能化為可能就是偵探小說的竅門，只要有一丁點契機，就能想出各式各樣的好主意。這種情況的契機，就是「自殺」這個構想。「自殺」的殺人與被殺者是同一人，所以只要能從這點引出什麼就行了。

一個罹患不治之症，被醫生宣告死期的人，因為非常痛恨某人，心想反正生命都已經接近死亡，乾脆趁早捨命復仇，這種情況就十分符合條件。辦法就是先留下許多偽造的線索，假裝成他殺其實是自殺，讓懷恨的人背上嫌疑。自古以來國內外的偵探小說都經常使用這個詭計。

在殺人與被殺者為同一人的謎題詭計中，英國有個相當出人意料的範例。在英國的羅馬天主教派大主教這個偉大的聖職，有位知名的學問僧侶，名叫羅納德・諾克斯（Ronald Knox）。此人熱愛偵探小說，從以前就寫了許多作品。他的長篇代表作《陸橋殺人事件（*The Viaduct Murder*）》在戰前就有日文譯本，喜歡偵探小說的人應該都知道諾克斯的大名，而此人的短篇作品中，有一部非常迂迴，不可思議的偵探小說。

故事是一名男子因不治之症被醫生宣判死期，等待死亡的痛苦讓他飽嘗艱辛，然而這名男子是膽小鬼，沒辦法自殺。既然自己沒辦法主動死，只好讓其他人殺了自己，但是也不可能有志願者自願犯下殺人罪。他非得製造出殺了自己的人不可。

於是，他思考著自己可以殺了某個人，因殺人罪被判死刑最好，實在是拐彎抹角。（話說在前頭，這雖然是諷刺小說，但寫得並不滑稽。要是像這樣從正面來寫，總覺得很滑稽，但原作把順序倒過來，寫成第三者視角的故事，因為寫得很巧妙，讓讀者能信服並讀下去）。於是，他想出一個有點有趣的詭計，意圖利用間接的方法殺害陌生男子，結果不僅以未遂告終，警察也一點都不懷疑自己。他認為殺人也不是件易事。

因此，他制訂了更加繞圈子的計畫。因為殺別人失敗了，那不如自己一人分飾二角，如果成功演出一個自己殺了另一個自己的戲碼，就能成為犯罪者了吧。他認為自己殺了另一個自己確實很容易辦到。

他假扮成一個完全虛構的人物，與真正的自己兩個人進入沒有同席客人的頭等車廂。首先讓虛構的人物先進去，再掩人耳目從另一個出入口偷偷溜走，變裝後以真實自我的身分，再次進入車廂。兩次都讓車掌與男服務員看到個別不同的模樣，向他們搭話之類的，讓他們以為兩位客人進了同一車廂。

接著，抵達下一站後，只有真正的他從車廂出來，而虛構人物則無處可尋。他營造出列車行進中真正的他殺了虛構的他，在中途的長鐵橋上把人扔進河裡的假象。車掌與男服務員都知道有兩名男子搭車。火車到站了，卻只有虛構的人物消失，真正的他露出形跡可疑的模樣下車，當然會被懷疑。

他執行了這個奇妙的詭計。成功正中下懷，如願以償被逮捕，審判將判他有罪。然而，他卻害怕曾經那樣盼望的死刑，又開始希望得救。於是他哭著哀求律師，傾吐真相，靠著律師的力量獲判無罪釋放，最後從法院回自己家的歸程上，他卻沒能躲過從背後駛來的卡車，被簡單至極地輾死了。雖然這是一種諷刺小說，但也是殺人與被殺者同一人的謎題詭計中，極為特殊的一個例子。

以上是「一人分飾二角」的犯案例子，在我的詭計表「一人分飾二角以外的意外犯人」的項目中，分為下列十種。

①偵探即犯人②案件的法官、警官、典獄長是犯人③事件發現者為犯人④事件的記述者是犯人⑤無力犯罪的幼兒或老人是犯人⑥殘疾、重病者是犯人⑦屍體是犯人⑧人偶是犯人⑨意外的多數是犯人⑩動物是犯人。

挑出這當中的有趣項目來看，①的偵探即犯人仍舊是非凡的構想。因為負責案件大顯身手的名偵探，其實是真正的犯人，這種謎題詭計第一次遇到的時候，會讓讀者為之驚嘆，體驗到非常的快感。少年時的我曾閱讀三津木春影的改編作品，盧布朗的《813》，第一次遇到這個詭計，感到難以形容的有趣。

勒胡（Gaston Louis Alfred Leroux）的《黃色房間之謎（*Le mystère de la chambre jaune*）》也是以這個謎題詭計為中心。我較晚閱讀到這篇作品，雖然是第二次遇到，這篇作品也是格外有趣。偵探即犯人的詭計只要有人用過一次，後來出現的必定是模仿，因此讀者會覺得厭煩「又來了」，儘管如此，還是有相當多知名的作品用了相同的謎題詭計。

最早的作品是愛倫·坡的《汝即真凶（*Thou Art the Man*）》，雖然不是道地的偵探，但這名從一開始就指導案件搜查的人物，到最後才知道他是真凶，不愧是愛倫·坡。

接著是英國的詹格威（Israel Zangwill）的長篇作品《大包奇案（*The Big Bow Mystery*）》（一八九一年），比起一九〇一年的《黃色房間之謎》、一九一〇年的《813》都要早得多。詹格威是純文學家，因此他的構想和文章組織都不錯，「偵探即犯人」與「密室殺人」這兩大謎題詭計，都是徹底掌握、書寫完善的經典作品。關於這部作品，戰後因為我的提倡已有日文譯本。

在詹格威、勒胡、盧布朗之後，還有英國的菲爾丁（A. E. Fielding）、美國的萊因哈特（Mary Roberts Rinehart）、英國的克莉絲蒂（Dame Agatha Mary Clarissa Christie）、美國的昆恩等人的長篇、卻斯特頓（Gilbert Keith Chesterton）的短篇（兩篇）也都重複使用過這個謎題詭計。日本作家則有浜尾四郎的某篇長篇作品，故事核心的謎題運用了這個詭計。

僅次於偵探即犯人的奇特詭計，應該算是④的「事件記述者是犯人」的詭計吧。這種小說以局外人的視角，第一人稱的紀錄寫成。讀者會懷疑出現在紀錄中的諸多人物是否為犯人，但寫紀錄的當事人卻不是關注的焦點。讀者會相信記錄者不可能寫謊言。畢竟以常識來說，要是寫了謊言，這部小說就白搭了。

克莉絲蒂在距今約三十年前就突破這個盲點，寫了記錄者其實是犯人的長篇小說，令偵探小說界為之驚艷。在此作品中，記錄者沒寫任何謊言。只有一個地方有點省略記述，整體而言寫的是真相。然而，記錄者就是犯人，這種寫法非常需要技巧。克莉絲蒂女士就是巧妙地做到這點。於是這篇長篇作品成了她的代表作。

然而此作品的記錄者雖然主動不寫謊言，卻省略了關鍵不寫，還是有讀者批評覺得不公平。可是，這樣的批評是因為把偵探小說當成作者與讀者的解謎遊戲，我認為大可不必如此氣量狹小。即使現在有許多評論家把這篇作品視為前十大佳作，也不該遭到這樣的苛責。

這個記錄者即為犯人的謎題詭計，早在克莉絲蒂之前已有先驅。只是這位作者是瑞典人，因此在英美的閱讀界並未受到矚目。這位作家是瑞典的S·A·迪斯（Major Samuel August Duse），他的長篇作品為《斯默諾博士的日記（*Doktor Smirnos dagbok*）》。前述的克莉絲蒂作品於一九二六年問世，而《斯默諾博士的日記》則是一九一七年，早了十年。這篇作品多虧了法醫學者古畑種基博士，在日本很早就廣為人知。古畑先生在留學德國期間，在柏林發現了這本書的德文譯本，送給朋友小酒井不木博士，而小酒井先生則翻譯成日文，連載於大正末期的《新青年》。這個謎題詭計也是用過一次以後，後來都是模仿，但仍有許多追隨者。英國的伯克萊與布萊克都曾經用相同的詭計老調重彈，日本也有橫溝正史、高木彬光兩位作家的代表性長篇作品用過這個詭計。

接下來更奇特的算是⑦的「屍體是犯人」的謎題詭計了吧。死人揮舞凶器殺了人，把這種不可能的事化為可能，正是偵探作家費盡心思之處。這部小說是作家亞瑟·利斯的《死人的手指》，然而其實屍體是作為道具使用，真凶另有他人。可是這名犯人並不在犯罪現場，不在場證明成立的情況下，姑且就算是死人殺人。

這個方法是犯人先讓死人的手握住手槍，布置成手指扣扳機開槍後，會打中某個正在守靈的人，再揚長而去。然後，到了深夜時分，屍體開始僵硬，死人的手指也隨之僵直，在扳機上施力發射手槍，守靈的人就被打中了。

雖然實際上無法順利進行，但以小說來說，只要寫得巧妙，讀者基本上都能接受。先不管是否能命中目標對象，光是開槍就有充分的可能性，確實在范·達因的作品《狗園殺人事件（*The Kennel Murder Case*）》中，就記錄了這是實際發生過的事件。

和此類似的謎題詭計還有「人偶是犯人」，不過這一項已經另外寫在「奇特的構思」一節，這裡就省略不談。

接著是⑨的「意外的多數犯人」，也是有點趣味的構想。這個構想用在克莉絲蒂的某篇長篇中，有一名男子在行進中的列車裡被殺。他的全身上下就像被亂刀砍過，傷痕累累。這節車廂有十幾個乘客，逐一檢查後，卻沒有任何人認出凶手。只好先認定凶手從行進中的列車跳車逃逸了。可是到了最後才知道，原來搭乘這節車廂的十幾名乘客全是凶手。

這十幾名乘客全都和被殺的男子有深仇大恨。於是他們約好，要在車上殺了那名男子，但是為了不讓任何人通風報信，大家一人刺一刀，因此才會看起來像被人亂砍一通。

⑩的「動物是犯人」目標是讓讀者感到意外，警察一直在找人類的犯人，結果犯人是動物，第一次讀到愛倫．坡的《莫爾格街凶殺案》的人，應該都深感驚奇吧。這是一起殘忍的殺人案件，而且是「密室殺人」，警方一直在找人類的凶惡犯人，而業餘偵探杜賓則從某個有趣的線索注意到真相，巧妙逮捕真

凶，一隻從飼主手上逃出的猩猩。

這個動物犯人的詭計之後也出現在許多作品中。在坡之後知名的尚有道爾的《花斑帶探案（*The Adventure of the Speckled Band*）》，被害人無意識地脫口說出「花斑帶」後死亡，令人聯想到在這附近出沒的流浪漢頭上戴的花斑染色布，但卻調查無果，其實凶手是暗中養了毒蛇，趁深夜把蛇趕去殺害睡在床上的被害人。而蛇的斑斕花紋，被黑暗中的被害人看成了花斑帶。

動物犯人有很多類型，例如妖犬、馬、獅子的下顎、牛角、獨角獸、貓、毒蜘蛛、蜂、水蛭、鸚鵡等等，而這當中又以獅子的下顎與鸚鵡較為有趣。（「獅子的下顎」已在另一章節「奇特的構思」提過，此處省略不提）。

「鸚鵡是犯人」的作品是竊盜，被用在英國莫里森的古老短篇中。一間位於高樓窗戶稍微開啟的密室，門上了鎖，窗戶雖然開著，但距離地面高達幾十英呎，也無法從外攀爬進來。儘管如此，裝了寶石的首飾還是從這房間裡不翼而飛。

那顆寶石本來放在房間的化妝台上，卻消失得無影無蹤，而旁邊掉了一根主人完全不認得的火柴棒。這根火柴成了偵探推理的開端。先說結論，其實是那名犯人訓練了一隻鸚鵡去偷寶石。他訓練鸚鵡從高處的窗戶進入屋內，一定會叼著帶有寶石的物品回來。不過，牠回程叼著寶石倒無妨，但去程嘴巴可自由活動，畢竟是隻鸚鵡，說不定會叫或說些什麼。為了預防牠亂叫，就訓練牠一定要叼著火柴棒，以免發出聲音。然後，讓牠習慣看到寶石就把火柴丟掉，再叼著寶石飛回來。

在〈意外的犯人〉中還有「太陽與水瓶殺人」的奇特構想，這個也已在另一章節「奇特的構思」提過，此處也省略不提。

剛才舉出的十種謎題詭計中，③「事件發現者為犯人」有些趣味，請容我再添上幾筆。疾呼「有人被殺了」的人其實是真凶，如此想來這個詭計其實很平凡，這類情節我的詭計表就省略不提了。但「發現者是犯人」的謎題詭計和「密室」組合後，就形成了有趣的情節。剛才提過的詹格威的長篇，以及卻斯特頓的短篇就有符合的例子。

一天早晨，屋子的門還沒開，因為比起平常開門的時間晚得多，令人擔心，敲門或叫門卻都沒回應。於是請了街坊鄰居來破門進入屋內，屋子的主人已經在床上被利刃割喉而死，鮮血還在不斷湧出。調查後發現，這棟房子的窗戶早就從內部緊閉了。唯一的門也被從內反鎖，不破門就進不來。這是一間完全的密室，而且凶手並沒躲在屋子裡，被害人才剛被殺，凶手完全沒有逃脫的出口。

經過詳盡的調查後，發現門窗都沒有任何製造密室故佈疑陣的跡象。這不是捏造的密室，是貨真價實的密室，也就是完全不可能的犯罪。

作者是如何讓這個不可能化為可能？說穿了別無其他，就是「神速殺人」的應用。真凶就是人群破門後進入屋內的其中一人。他準備了刮鬍刀之類的小型銳利凶器放在口袋。等到一破門，他就最先衝進屋裡，挨近正在睡覺的被害人，用預藏的凶器敏捷地割開他的喉嚨，再大叫「啊！不得了啦！有人被殺了！」。後頭接著進來的人，因為被他的身體擋住，並未發覺割喉的人就是他。沒想到會有人犯案如此神速，任誰也不會起疑心。

為什麼被害人聽到敲門的時候沒有回應呢？為什麼他被割喉的時候沒有叫呢？那是因為凶手是他的熟人，前一天夜裡被害人睡覺前，被凶手在某種飲料裡摻了大量的安眠藥讓他喝下。如此一來，事件的最初發現者是凶手的詭計就成立了。

「神速殺人」還有其他許多應用此方法的詭計，而這種敏捷度，也讓人不禁聯想起日本劍道高手或忍術者鍛鍊的神速。

《週刊朝日　推理小說特集號》朝日新聞社，一九五五（昭和三十）

附記

在拙稿〈英美短篇偵探小說之吟味〉中，曾提及卻斯特頓運用這個神速殺人的其他例子，茲錄於下。

在 *The Vanishing of Vaudrey*（日譯《新青年》昭和八〔一九三三〕年五月號《亞瑟卿的失蹤》）的作品中，首創了別無他例，有些奇特的謎題詭計。被害人當時在村裡的理髮店修容刮鬍。理髮店的正後方是一條潺潺溪流。此外，這家理髮店還兼賣香菸。凶手讓陪同散步的同伴在店外等待，自己進去買香菸，老闆放下刮鬍刀出來店面找他要買的香菸時，他趁著這僅僅兩三秒的空隙，迅速衝進理髮室，被害人正伸長脖子蒙住眼睛，等理髮師回來，他就用那把放著的刮鬍刀割喉，再迅速歸位，一臉若無其事地收下香菸，回到還在等待的同伴身邊，吸著香菸繼續散步。

這種神速是「古怪型」的，和打破密室衝進現場，最初發現者瞬間殺人的詭計類似，但先讓同伴在外等，買東西順便殺個人的構想，有一種超乎常識的古怪幽默與恐怖，但也絕非遊戲式殺人。作者給了他很正當、不得已的動機。

可是，只要理髮師夠冷靜，這個罪行立刻就會露出馬腳，然而理髮師也有弱點，又是個膽小怕事的人。他不知何時發現客人被殺，覺得直接報警一定會被認定是自己犯下的罪行，驚慌失措之下，就把屍體（理應要裝袋）丟進後方的河裡。故事情節是後來屍體被流到距離遙遠的地方才被發現。沒人知道被害人曾去過理髮店，理髮師守口如瓶，凶手也有同伴的不在場證明。這起案件很難解，不過布朗還是從屍體臉上剃了一半鬍子想到了理髮店，憑著推理指認出真凶。

當作凶器的冰

就像這樣，一切有利條件齊全的蒸氣浴與冰劍詭計結合後，就成了這部小說的妙趣所在。與此類似的構想，還有寒冷國家的案件，使用大型冰柱當凶器殺人的故事。

偵探小說的謎題愈難愈有趣，所以經常會把實際上怎麼也不可能辦到的事情，寫得彷彿像可能發生一樣。因此，偵探小說中描寫的犯人詭計，極少能夠實際應用於犯罪。不過，從另一面來說，就像有句話說「現實比小說更離奇」，而且人類的思緒最後總要由某人來執行，如同這種想法，若我們仔細檢查國內外的犯罪紀錄也可能有驚人的發現——小說家自以為寫出獨創的犯罪手法，現實也有酷似的實例。在這層意義上，偵探小說的幻想也不見得和實際犯罪全然無關。

我在戰前沒什麼讀過外國的偵探小說，戰後反而一直看外國的偵探小說，而且為數不少。每次閱讀我就把書中用的犯人詭計作筆記寫下來，也試著把過去讀過的所有詭計分類，做統計研究。我試著製成一張表，謎題詭計的總數約八百例，大致分類如下：

（一）有關一人分飾二角、頂替其他人的詭計……二百二十五例

（二）有關犯罪手法的詭計（意外的凶器、意外的毒殺手法、種種的心理詭

計）……一百八十九例

（三）有關時間的詭計（交通工具、時鐘、音響等等的詭計）……三十九例

（四）有關犯罪痕跡的詭計（除了腳印詭計、指紋詭計等等以外，包含偵探小說最常使用的密室詭計）……一百零六例

（五）有關意外的隱藏人（包含屍體）及物的詭計……一百四十一例

（六）暗號詭計……三十七例

這些可以再細分為數十項，而細分項目中最多的是「一人分飾二角」詭計的一百三十例，第二則是「密室」詭計的八十三例，這兩項的數量明顯超越其他項目。

不管是「一人分飾二角」或「密室」也好，粗略想來只要用過一次，之後就會有人模仿，感覺好像就一點也不有趣了，事實卻出乎意料的並非如此。在這些項目中還有非常多種類，只要能想出其他種類，還是能令人感受到獨創性，產生新的趣味。因此，偵探作家會從不同的角度思考一樣的「一人分飾二角」、一樣的「密室」詭計，企圖發現前人未察覺的新手法，長久以來，已經設計出前述多達一百例的不同種詭計。

我根據這些資料寫成了「詭計類別集成」，這裡且讓我挑出裡面的極少部分嘗試寫出來吧。接下來是前述（二）有關犯罪手法詭計中的「意外的凶器」的極少部分「利用冰設計的詭計」。

我所蒐集的「意外凶器」的種類有六十三個例子。然而使用冰的詭計是當中應用範圍最廣的，多達十例。冰可以當作詭計凶器發揮如此多的用途，主要是因為水結凍時的膨脹力與冰的融解特性。

水結凍時的膨脹力足以讓水甕裂開，因此若利用這點來設計槓桿與線條的機械裝置，可以在深夜溫度最低的時候，讓匕首從天花板落下，或是讓固定在某處的手槍發射，應該有各種的利用方法，然而我在戰後蒐集的實例中，沒有任何一個這種例子。事件的次日只要是溫暖的日子，屍體被發現時冰已經融化，就不會被發現竟然是利用冰當作動力。這種詭計雖然頗有妙趣，但設計機械裝置相當艱難，一旦偽裝困難，偵探小說經常會因為複雜的機械裝置讓趣味大打折扣，因此知名的作品不太用這一類的詭計。我不過是在某處的引用文章讀過，有西洋偵探小說的情節是利用水結凍時的膨脹力發射手槍。

融解的特性比起膨脹力的應用範圍廣多了。以一般的原理而言，在目標室內放一個冰塊，只要在上面放木板之類的東西，木板的位置就會隨著冰融化降低。只要先在那顆冰塊加上重物，就有足夠的重力了。另外也可以反過來把冰塊當成墜子，利用重量隨著融化減輕的特點。以這些力量為基礎設法做出機械裝置，甚至可能讓手槍發射、讓匕首落下，或利用安眠藥讓失去意識的被害人被勒死。還有另一種妙趣是，只要採取延遲屍體被發現的手法，發現時甚至連冰塊融化留下的水都蒸發了，什麼痕跡都不會留下。不過，這也伴隨著很複雜的機械裝置，因此優秀作品的例子很少。

「密室」與冰片

雖然不是直接的凶器，但冰的碎片有時候可用來打造「密室」。「密室殺人」指的是房間門窗都被從內反鎖，密閉宛如金庫一般，而裡面有被害人身亡。人們破門後進入房內發現犯罪，凶手卻不見人影，宛如幽靈般消失，是一種不可能的狀況。為了組成這種「密室」，如前所述，作家們想出了多達八十種相異的謎題詭計，其中的辦法就是，犯人達到目的後離開，還要從外面透過某種機械裝置，從門內上鎖或上門閂再離開。這些辦法雖有七、八種相異的謎題詭計，不過其中一種用的就是冰的碎片。這種是以金屬門閂關門的情況，犯人達到目的後，先把室內的所有痕跡擦掉，再於門相連的插閂處夾入冰的碎片，讓門閂不會掉下來，然後到外面靜靜關上門離去。用此方法門閂會隨著冰的碎片融化往下降，完全融化時門就能完全鎖上。門上如果沒有插閂處相連，就在靠近門閂的支點，從下方往門與門閂之間夾入楔型的冰片，結果也是一樣的。也有作家用雪代替冰。他把雪塊扔在靠近門閂支點的門板上，並避免讓雪塊掉落，再離開到外面關上門。隨著雪融化門閂就會鎖上，和冰一樣。

冰的子彈

有個方法是把冰削成子彈的形狀裝在槍枝裡，再迅速發射。銳利的冰片打進被害人體內，雖然有彈痕，但解剖也不會發現子彈。因為已經在體內融化了，這是離奇的幽靈子彈。為了讓此方法更講得通，還有作家想出把人血冷凍成子彈型來發射。這種血液子彈融化後，混在被害人的血中，就更加難以辨別了（當然要用同血型的血才安全）。此外，其他作家也想過如果速度不夠快，冰有發射前融化的疑慮，所以使用岩鹽削成子彈型。鹽在體內溶化雖然有殘留的鹽分，但人體本來就含有大量鹽分，應該也無法分辨吧。

這個冰子彈的構想也未必是近代偵探作家的發明。根據約翰・狄克森・卡爾的記載，據說古義大利的梅迪奇家族，就有用弓射冰片殺人的傳說；再向上追溯至西元一世紀的羅馬詩人馬提亞爾的短嘲詩，也歌詠過類似的方法。近代的偵探作家也有使用弓射冰片的詭計例子。無論哪一種都是基於可以消除痕跡的機智設計而成。

我曾經讀過一則與這個設計相同，偶然發生的一起真實死亡故事。我記得好像是嘉露蓮．威爾斯的《偵探小說的技巧》的初版版本，引用的某個犯罪紀錄。在夏季的白天鬧街人行道上，有人倒下死亡。胸口有彈痕。調查後發現附近無人持有槍枝。解剖的結果也很不可思議，不僅沒有貫穿的槍傷，體內也沒有子彈。這起非常離奇的案件令當局很煩惱，最後真相大白的結果，很意外的是一輛裝載冰塊的卡車的惡作劇。

有一輛滿載冰塊的卡車經過，掉了一個冰塊在路上。後來又有一輛載著沉重貨物的卡車行經，輪胎把冰塊壓得粉碎，此時一片銳利的碎片就飛濺到人行道，力道宛如子彈一般扎進行人的體內。

冰匕首

僅次冰子彈之後的有趣構想應該算是冰匕首了。這是最簡單的方法，用長冰片具有的銳利尖端刺殺人，並避免屍體在冰融化前被發現，這樣一來即使犯人在現場，也可以因為沒有凶器主張自己的清白。畢竟凶器被犯人帶走逃跑，是最自然的想法。

使用冰劍還有更有趣的作品。這是科學家和小說家合著的英國短篇作品，故事大綱是有人因不治之症被宣告死期，他意圖自殺假裝成他殺，再嫁禍罪名給懷恨在心的朋友。這個人平常喜歡蒸汽浴，是土耳其浴的常客，有一天他進入一間吹進熱蒸氣的密閉房間後，一直沒出來，查看才發現他胸口流血死亡。這狀況只會讓人以為他被人用匕首刺殺。

剛好此時他想嫁禍嫌疑的朋友是土耳其浴的客人，又在他進去的那間蒸汽浴旁邊徘徊，一如所料就被懷疑殺人，但凶器匕首怎麼找也找不到。於是那名朋友被告發檢舉，凶器應該是被他巧妙地藏在某處了。此時名偵探登場，藉由一點點線索，就識破了案件的真相。

自殺者把冰柱型的銳利冰片放進保溫瓶，再帶進蒸汽浴中，用冰片刺進自己的心臟而死。他預先養成把保溫瓶帶進浴室中的習慣，並先展示給許多人看過。他的藉口是在蒸氣浴裡非常渴，先裝進涼茶就能時常喝了。因此除了名偵探以外，沒人懷疑那個保溫瓶。

如果是一般的房間，融化大塊冰片需要一段時間，但在蒸氣浴的熱氣中，融化速度非常快，而且冰融化的水也會混在蒸氣的水珠中，不留任何一點痕跡。就像這樣，一切有利條件齊全的蒸氣浴與冰劍詭計結合後，就成了這部小說的妙趣所在。與此類似的構想，還有寒冷國家的案件，使用大型冰柱當凶器殺人的故事。

毒冰

在卡特・狄克森的長篇偵探小說中有這樣的故事。先在電冰箱有小隔板的製冰盒中注入毒物，再讓毒物凍成冰塊，然後在製作雞尾酒時取出冰塊，並在對方眼前放入調酒器，自己喝一口給對方看。這時的毒冰尚未融化，不會出什麼事。聊天支開話題用掉一些時間後，等到調酒器中的毒冰完全融化時，再倒進玻璃酒杯給對方喝。只要讓第三者目擊這一切，就會因為凶手也喝了一口而避免嫌疑。一般都會判斷是有人事先在空的玻璃酒杯下毒。我記得日本去年出版的《寶石》增刊新人集中，也有使用相同詭計的短篇作品。

乾冰

曾有日本作家的小說，是利用乾冰融化會變成二氧化碳的特性，趁被害人睡覺的時候，在盛夏密閉的小房間放置大量的乾冰，讓被害人因為乾冰融化產生的二氧化碳窒息而死。也有作家想出更極端的構想，那就是藉由液態空氣把人結凍，再用槌子把人敲碎的情節。

花冰殺人與其他

還有一個現在不能漏寫的構想是，利用封進花的防暑用冰柱殺人。某人被發現倒在庭院角落死亡。他的頭似乎被鈍器毆打過，致命傷是頭蓋骨折。可是，經過仔細的調查，結果顯示推測犯案的時間前後，並沒人靠近庭院的那個案發處。此外，那附近也沒發現任何與傷痕相符的石塊或其他鈍器。這起案件非常不可思議，此時名偵探現身，注意到夏草的花掉在屍體的附近。那好像是從莖底部切下的插花，暴露在夏季的炎熱天氣下，已經完全枯萎了。偵探從這朵花聯想到防暑用的花冰。這麼說來，屍體倒臥的位置，就在隔壁三層樓的洋房後方。

如果有人從那裡三樓的窗戶朝被害人頭上扔下巨大的花冰，所有狀況就都說得通了。花冰早在屍體被發現以前，就因為天氣炎熱融化，連水分也乾了，所以只剩花冰中的夏草留在地上。故事情節是偵探根據這個推理，去調查住在洋房的人，果然有人從三樓的窗戶扔下花冰。

其他還有許多利用冰殺人的構想。譬如有個構想是，在結冰的湖水某處挖一個人會掉進去的洞，然後再等上面結冰，邀被害人去溜冰，巧妙地引導他往那層薄冰走，就能偽裝成意外死亡。還有這也是下雪國家的事件，小說情節虛構了被害人會在深夜蹲在坡道下，靜止不動一陣子的特殊情形。凶手知道這件事，把雪堆成近似人的形狀，在雪人的前面插進匕首的握柄，並準備好在被害人蹲伏坡下的期間，讓這個雪人滑下的機械裝置。然後自己和兩三個朋友到遠方某處喝酒。到了預定的時間，因為機械裝置的作用，雪人滑出坡路，加上加速度的力道，刀子刺進蹲著的被害人的背。凶器雖然留在現場，卻沒有任何人靠近的痕跡。有一起喝酒的朋友作證，凶手有完美的不在場證明。雪人散亂一地，剛好和那附近堆積如山的打掃積雪混在一起。可是，要達到這個殺人目的，被害人的位置與雪人的滑行通道就必須完全吻合，以現實問題而言近乎不可能，但這是小說，因此可以巧妙虛構出這種順利的情況，事先讓讀者沒有不自然的感覺。

我所蒐集到使用冰當作凶器的構想，大致如以上。像這樣只寫出謎題詭計，實在很天真的感覺，但如果讀小說，又能寫得讓讀者大致都能理解。偵探作家必須在這些謎題詭計的骨架上，加工後使小說技巧的肌肉豐滿，令故事逼真。而這也就是偵探小說的難處。視寫作技巧如何，能讓讀者覺得這些謎題詭計是真的煞有其事，也令讀者感到驚奇。

實際的犯罪案件，很少會用到這些列舉的迂迴詭計。因為就算用了，也不可能像小說一樣順利，機關算盡反而一定會留下什麼線索，只會更快讓事蹟敗露。在實際案件中，偵查無知又荒謬的犯罪困難多了。可是，也不能斷言實際犯罪沒有人想出這種奇特的犯罪手法。如同前述所說，古梅迪奇家族的紀錄中就有冰箭的構想，還有冰的碎片刺入行人胸口，被誤以為槍傷的案件等等，並非完全不可能發生。從「現實比小說離奇」的想法來看，對實際的犯罪偵察感興趣的人，姑且把偵探作家的離奇構想記下來，也未必是徒勞無功。

《犯罪學雜誌》日本犯罪學會，一九五二（昭和二十七）年三月復刊號

奇異的凶器

許多利用動物當作凶器的謎題詭計，也都很有意思。某部小說寫過在棍子的末端安裝和獅爪一模一樣的金屬配件，用來毆打殺人。那個地方附近沒有獅子之類的動物，卻有人被殺留下獅子的爪痕，令人感到一種怪談氣息的恐懼。

關於奇異的凶器，在談西方的事例之前，先來稍微想想日本江戶時代的例子，我的腦海浮現出宇都宮城釣天井事件以及八犬傳的「船蟲」故事。趁被害人睡覺時，房間整片天花板掉下來壓死人，實在是大規模異想天開的想法，類似法國的「吉格瑪（Zigomar）」或「羅康博爾（Rocambole）」的構想。道爾的夏洛克．福爾摩斯故事中，有一篇〈工程師拇指探案〉，故事描述了有人被關在工廠的巨大鐵槽中，頭上有幾百貫重量的鐵天花板逐漸往下掉的恐怖景象，而宇都宮的吊天花板比起這個的規模更大，裝模作樣居多。

八犬傳的「船蟲」是狠毒婦人的故事，因為小酒井不木的「殺人論」引用過我才想到，該文章所述如下：

「從此以後船蟲打扮成街頭流鶯，每天晚上站在海邊，不僅為了拉客，目標還有奪取對方的行囊。每次交媾接吻時，她就會咬斷對方的舌頭殺人，再把屍骨棄之海上。丈夫媼內成了她的皮條客，一開始會待在附近，如果有不能得手的情況，就會合力強迫硬拉，未曾讓人跑掉，就這樣一直沒人知道真相。」

如上所述，接吻時咬斷對方舌頭的構想，有一種所謂色情獵奇的妙趣，相當有意思。雖然不知道咬斷舌頭會不會成為致命傷，但肯定會造成暫時令人昏厥的痛苦。西方有一種毒殺方法是，先把包著毒藥的膠囊含在嘴裡，再趁接吻時送入對方口中，比起這個咬斷舌頭浮誇多了。

西方偵探小說的謎題詭計所使用的奇異凶器中，以冰代替刀劍的方法最有趣。用尖端銳利的冰碎片刺殺人，凶器融化後就會消失，不會留下證據。能夠進行被認為不可能的殺人方式。利用冰的方法很多種，古時候西元前一世紀的羅馬詩人馬提亞爾，他的短嘲詩就曾歌詠過把銳利的長冰碎片代替箭搭在弓上射擊的方法。到了中世紀，據傳那個義大利梅迪奇家族的某人，就用了這個方法實際殺人。歸根究柢，凶器的箭融化消失就是這個方法的特徵。冰的利用方法還有很多種，關於這點我已經在其他章節〈當作凶器的冰〉詳述過，這裡就不再重複。除了冰以外最奇特的凶器，還有「太陽與水瓶的殺人」。這個我也寫過好幾次，此處省略不提。

我從西洋偵探小說蒐集的奇異凶器案例有六十餘種，看小說的話很有趣，但只摘錄方法，很多看起來就沒什麼了不起。若從中盡量挑出新奇的詭計，有一項是「利用加速度殺人」，雖然這對熟悉偵探小說的人來說並不稀奇。有一名男子的鋼盔破裂，頭蓋骨碎裂死在馬路正中央，還有一支小鐵鎚掉在旁邊。要用那支鐵鎚敲裂鋼盔，除非是比人類大好幾倍的巨人，否則不可能辦到。這是一起乍見下不可能的殺人案。而真相是凶手從高聳的塔上扔下鐵鎚。小鐵鎚再加上加速度，力道就非常大，也就是利用加速度殺人。

許多利用動物當作凶器的謎題詭計，也都很有意思。某部小說寫過在棍子的末端安裝和獅爪一模一樣的金屬配件，用來毆打殺人。那個地方附近沒有獅子之類的動物，卻有人被殺留下獅子的爪痕，令人感到一種怪談氣息的恐懼。

在火車上，有一名婦女死亡，頭上有類似被鐵拐杖打過的傷痕。檢查過所有一起搭乘的乘客後，卻沒任何人有那種凶器。而且也找不到任何人有殺害婦人的動機。就在不可思議的殺人案件陷入迷宮時，名偵探發現了真相。有一輛貨物列車的一節貨車與這輛列車交錯而過，上面運送的是牛。那隻牛的頭稍微從窗戶探出時，這輛列車的婦女也從窗戶探出上半身，因為火車慢行，牛角偶然撞到了婦人的頭。因為在半夜，一起搭乘的乘客在睡覺，並未察覺這起事件。

有一名男子倒在路上死亡。警察也來了，大家議論紛紛時，名偵探現身。接著他表示這起殺人案的凶器是地球。異想天開的大型凶器很有意思。可是，這只不過是悖論，其實這名男子是從樓上的窗戶墜落而死。換句話說這名男子的致命傷，是因為撞到堅硬的地面造成的，而這起案件的凶器，也就是地球本身，這不過是悖論而已，但偵探小說對這種悖論可以營造出非常有趣的效果。

玻璃這東西也和冰一樣用途很多。有個謎題詭計是用銳利的玻璃碎片殺人，再把玻璃上的血擦乾淨，然後放進案發處的金魚缽底部。即使凶手在現場，也沒有凶器。我們都知道刀子之類的東西，沒辦法在瞬間藏起來，不會有人察覺凶器竟然是金魚缽底部的玻璃板。

把玻璃磨成粉，混在食物中讓人吃下，玻璃粉就會刺穿胃壁引起出血，即使不死也會造成重病。有許多偵探小說都用此方法當作殺人手法。雖然這不算一種毒藥，但也能視為一種細微的凶器吧。

在靜脈注射空氣，視狀況不同可能會死，而這也是偵探小說中常見的殺人手法。畢竟注射的不是毒物，而是沒有任何傷害的空氣，這樣奪走人命，令人感到一種不同尋常的可怕。

《讀完小說集》テラス社，一九五三（昭和二十八）年十一月增刊

密室詭計

鎖維持原樣不動，用螺絲起子把門的鉸鍊拆下，再從那裡打開出入，然後，再把鉸鍊恢復原狀。這個詭計無視鎖頭，完全著眼於其他地方，富於機智很有意思。只不過門的鉸鍊若不在外側，這招當然就行不通了。

有一間完全密閉的西式房間。所有的窗戶鉤鎖和門都從內部上了鎖。房間裡有一人被殺。心生懷疑的人們因為沒有備用鑰匙，破門進入室內一看，發現一具橫躺的屍體。然而奇怪的是不見凶手的蹤影。這是一間從內關閉的房間，凶手理應無路可逃。仔細搜查天花板、牆壁、木地板，也完全沒有暗門；暖爐的煙囪也窄到連幼童都無法通過；換氣窗也一樣狹窄。這種狀況只能想像成有人如煙一般消失，或是他的身體像蛞蝓一樣伸縮自如，從門下的縫隙爬出去了。

實在是令人毛骨悚然又不可思議的謎題。如果這些看似完全不可能的謎題，可以有合理的解答，那該是多麼痛快，這就是密室詭計小說的起源。偵探小說的核心，就是把乍見下看似不可能的異常謎題，以機智與邏輯，條理清晰地解開產生的趣味。而這種樂趣的典型就是這種密室事件。以文章描述的不可能狀況，總會讓人覺得某處仍有漏洞，難以給予讀者不可動搖的感覺，然而如果是密室，特徵就是具體得像幾何學的圖解，一點也沒有曖昧的空間，能夠傳達給讀者最明確的不可能感覺。因此，可以說以往的偵探作家，沒有任何人一輩子都沒描寫過密室事件，而且甚至出現過一輩子都只寫密室事件的作家。

在偵探小說史上，最早以這個密室的「不可能」為主題的作品，是坡的《莫爾格街凶殺案》，而這部坡的作品，以及勒胡問世晚得多的《黃色房間之謎》，都是啟發中心思想的實際案件。我在距今四十幾年前，曾讀過一九一三年十二月號的《斯特蘭德雜誌（*The Strand Magazine*）》寫過這件事，現在還貼在筆記本上。扼要來說，這是西姆斯在距今約一百年前所寫，一般認為時間大概是十九世紀初頭，在巴黎蒙馬特的某間公寓最高層樓，有一個名叫 Rose Delacourt 的女孩住在距離地面六十呎的房間，因為到了中午她都還未起床，警察就打破門進入室內，發現女孩躺在床上胸口被刺殺死亡。凶器仍維持刺入的狀態，看起來力道相當大，刀尖甚至穿刺到背後。窗戶被從內部關閉，門是唯一的入口也被從內上鎖，鑰匙插在鑰匙孔上，而且連門閂都上閂了。唯一的通道是暖爐的煙囪，但經過調查，再怎麼瘦的人也無法通過，是不可能的路。沒有任何東西被偷，偵查線上也沒發現有仇家尋仇的可能。這起案件經過後來犯罪研究家的討論，到了百年後的今天（一九一三）仍是未破案的一樁懸案。

其實敘述了密室之謎的故事，可以追溯至更遠古的古代。西元前五世紀希羅多德的《歷史》書中，記述了西元前一二〇〇年左右埃及王拉姆潑西尼德斯（Rhampsinitus）的故事，這裡就已經能看出密室之謎的原始形態。這則故事是一名建築技師奉命建造國王的寶庫，他為了自己的孩子們，挖了一條可以通到外面的秘密地道，並留下遺囑告知開啟地道的方法，好讓兒子們可以從地道潛入寶庫偷出寶物。同樣是希臘西元前二世紀的作家保薩尼亞斯，也在敘述建築師阿伽墨得斯（Agamedes）與特羅豐尼烏斯（Trophonius）的故事時，寫過同樣有秘密地道的密室之謎。

還有一個古老的例子，是舊約聖經Apocrypha（經外書）中「貝爾的故事」。巴比倫王崇拜的偶像神明是貝爾（Bel，即馬爾杜克／Marduk）。他們在神殿供奉了羊、穀物以及許多祭品，並關閉神殿的門再上鎖，讓任何人都無法進出，但祭品還是會在一夜之間消失。真是一起密室的怪事。本來大家相信這是貝爾神吃掉了，但一位叫但以理的青年，揭露了這個秘密的詭計。神殿內的祭壇下有一條秘密通道，祭司們半夜就從那條路悄悄潛入拿走祭品。

不管希羅多德還是聖經經外書，都有秘密的出入口，以現在的眼光來看，都是不正當的密室之謎，不過這麼說來，坡的「莫爾格街」也是在內部折彎窗戶的釘子，這也是不正當。那麼，第一部毫無這種缺點的「密室」小說是什麼呢？道爾的《花斑帶探案》（收錄此篇作品的《福爾摩斯冒險史》是一八九二年出版）與詹格威的長篇（一八九一年出版）幾乎於同時期寫出，不過比起《花斑帶探案》的單純，以密室而言，還是後者的長篇較有可看性。這部作品在西方雖然沒有引起太多矚目，但以當時而言，用的已經是最進步的密室詭計，此外他也在這個重大謎題詭計居領先地位，在這層意義上，非得大大重視不可。

那麼，讓我試著把各種謎題詭計，大致分類為三種：①犯罪時犯人不在室內②犯罪時犯人在室內③犯人與被害者都不在室內。再把這三種細分為以下所示。

我知道西方的作家嘗試「分類密室」的兩個例子。一是卡爾的《三口棺材

（*The Three Coffins*）》的「密室講義」章節，另一個則是克萊頓．勞森（Clayton Rawson）的《死亡飛出大禮帽（*Death From a Top Hat*）》（未日譯）的〈勿質問（Ask Me No Questions）〉章節。後者是魔術師偵探馬里尼利用了卡爾的小說主角菲爾博士的「密室講義」，雖然他和卡爾的分類有些不同，但雙方都大致分類為兩種：A「真實的密室，犯人不可能逃出，因此犯人犯罪時不在室內」、B「假裝的密室，犯人犯罪後逃脫，之後構成密室」。比起卡爾的菲爾博士把A分為七項、B分為五項；馬里尼則把A分為九項、B分為五項，還加了一項新的C。

我的分類則是參閱兩者，統一原理比起兩者稍微不同，也加了一些兩者都沒有的東西，為了對照方便，我在各項目後面加上括號，以（F・A・1）（M・B・2）的方式附註。F的意思是菲爾博士的分類；M則是馬里尼的分類，A、B是兩人各自的大分類；1、2之類的則表示各自小分類的項目編號。

A 犯罪時，犯人不在室內者

1 透過室內的機械裝置（F・A・3）（M・A・4）

★拿起電話的聽筒就從通話口發射子彈。★在聽筒通過強大電流，殺死拿聽筒的人。★先在牆洞上安裝手槍，蓋子一拿起來就會發射。★只要轉動座鐘或掛鐘的發條，時鐘內部就會發射子彈。★在天花板上用線高掛沉重的匕首，再把線沿著牆壁延伸到地板，被害人進入室內把門上鎖後，走兩三步就會絆到線，此時天花板的線就會斷掉，匕首往被害人上方落下。★房間從天花板垂吊很重的花盆，再用一條帶子往另一邊拉緊，只要被害人碰到那條延伸的帶子，花盆就會擺盪撞擊被害人的頭。★先在床上安裝散發毒氣的裝置，於睡眠中殺害睡著的人。★利用冰融化或冷凍時的重量變化，用鐵絲之類的機械裝置讓裝在牆壁的手槍發射。★透過化學藥品定時縱火。★利用時鐘與電流做定時炸彈引起火災。以上全都是知名作家的範例，但構造太過機械性，不免會淪為幼稚的謎題詭計。

2 從室外遠距殺人

（窗戶稍微打開，不過位於離地三樓以上的房間，不可能從窗戶入侵或逃脫，或是有小縫隙的密室）

（F・A・6）（M・A・6）

★從對面大樓的窗戶把沒有刀鍔的匕首裝在槍裡發射。★透過窗戶射進用岩鹽製成的子彈，岩鹽會在被害人體內溶化。★被害人從窗戶探出頭時，從高一層樓的窗戶降下環狀的繩子，把對方的頭吊起來勒死，並直接把屍體從後面的窗戶降到地上，共犯再把屍體掛在當地樹林的樹枝上假裝成上吊而死。★把從窗外射擊的手槍扔進室內，事先在被害人衣服上留下火藥痕跡，再假裝成從室內被射擊的樣子【以下情況是窗戶或縫隙在一樓的密室】在夜晚用伸縮鐵（lazy tongs）（XXXX型的伸縮玩具）從稍微打開的窗戶縫隙，夾取室內桌上的凶器，換成其他凶器以湮滅證據。★把綁了絲線的毒箭從縫隙射入殺死被害人，之後再用線拉到外面。

除此之外還有許多無法以幾行字就說明清楚的這類謎題詭計，但若要只舉出一個非常知名的作品例子，那就是★被害人在密閉的房間被細小的毒箭射中胸口而亡。沒有任何縫隙，就連通風孔也也蒙上了精細的鐵絲網。窗戶玻璃與門的鑲板也完全沒有被拆下的痕跡。儘管如此，名偵探卻斷言「這間房間有方形的窗戶」。警官再怎麼想也沒發現方形的窗戶。他說的是純西式房間一定會有的方形窗戶。那麼，究竟在哪裡？——謎底揭曉，就是門的knob（把手）。圓形握把的門把軸心金屬是方形的棒子。貫穿的洞也是方形，在門裡的方形孔本身可以轉動。把這個方形的棒子嵌進圓形握把的部分，再用螺絲釘固定。首先用螺絲起子把外面握把的螺絲釘卸下，只剩下軸心，再用細鐵絲綑綁，悄悄把軸心往室內推下去，因為綁著鐵絲掛在空中，不會掉到地上。之後打開一個小的方形孔洞，這就是「方形窗」。凶手看準被害人從內部靠近門的機會，從這個洞用短弓射進細小的毒箭。達成目的後，善後順序是巧妙地拉上鐵絲，把軸心按照原樣拉出來，握把也用螺絲釘固定，再擦拭指紋後離開。

美國有位少年作家挑戰了這個詭計。方形窗也很有趣，但他表示門上有個更簡單的盲點。那就是有兩間房間，裡面的房間有一名男子坐著，他將成為被害人。兩間房間交界的門與牆壁形成直角。裡面的房間除了那道門以外，絕對沒有縫隙。隔壁的房間面對道路，窗戶開著，也有一道可以外出，開放式的門。那間隔壁房間的窗前椅子上，坐著一個女人。在這種狀態下傳來槍聲，裡面房間的男子被擊斃。這種狀況下可以開槍的，除了隔壁房間的女子以外沒有別人，雖然她被懷疑殺人，但卻不是真凶，也沒找到凶器手槍。這個謎題揭曉的答案是——新型的門有大型鉸鍊，開門與牆壁呈直角時，鉸鍊處就會留下寬約一寸的縱向長縫隙。身為手槍高手的真凶就是從隔壁房間的窗戶，透過那個縫隙射殺被害人。而女子背對窗戶坐著，才會不知道發生了什麼事。

3　利用被害人自己的手致死而非自殺的詭計（F・A・2）（M・A・3）

★這個方法是治療蛀牙時，利用在蛀牙上塗橡膠的出血空隙，把直接混入血中才有效的毒藥箭毒（Curare）摻入裝有止痛藥的小瓶子，交給被害人要他半夜服用。被害人在密室中吃了藥，箭毒就從牙齒的出血位置進入血管致死。凶手再混入發現者當中，搶先進入室內把關鍵的小瓶子藏起來。★利用事先造成怪談式的心理恐懼感，或是從室外放入有毒氣體之類的方法，讓被害人陷入精神錯亂，令他頭撞家具，或用持有的凶器自殺（菲爾博士的講義例子）。

4 在密室內偽裝成他殺的自殺（F・A・4）（M・A・2）

★請參閱其他章節「當作凶器的冰」的「冰匕首」。在密室中進行那個殺人手法就是這個謎題詭計。★橫溝正史的《本陣殺人事件》也是好例子。

5 偽裝成自殺的他殺（F、M都沒有）

★有一名修行者獨自在巨大的文理中學建築物中閉門不出，進行斷食的苦行修行，過了好幾天仍舊沒出來，門又被從內上鎖，破門檢查後發現，修行者已經躺在床鋪上餓死了。床鋪旁的架上擺著各種豐富的食物，卻完全沒被碰過。斷食修行者的意志力讓人們為之驚嘆。可是，這其實是他殺案件。修行者保了鉅額的生命保險，而受益人是四個印度弟子。四名弟子貪圖那筆保險金，用了奇特的方法殺死修行者。他們安排修行者在室內吞下安眠藥，趁他熟睡時，先準備好四條有鉤的長繩索，四人爬到文理中學的高聳屋頂上。屋頂的頂點有一扇採光窗。雖然人無法從那裡出入，但可以從排氣的橫梁縫隙把手伸進去。四人各拿著一條有鉤的繩索，從那個縫隙垂下繩子到室內，把鉤子掛上修行者床鋪的四支腳，再合力把床鋪吊到天花板附近。然後，把繩索綁在採光窗的竿子上讓床鋪懸空，他們再爬下屋頂離開。文理中學的天花板非常高，再加上修行者有懼高症，即使他從睡夢中醒來，也不用擔心他會跳下來。即使眼前架上就擺著食物，也束手無策。幾天後，四名壞蛋再次爬上屋頂，親眼目睹修行者餓死後，再拆開繩索把床鋪降回原來的地方，之後故意破門，假裝成發現修行者死亡。雖然這個故事好像太離奇又荒唐，但《陸橋殺人事件》的作者，同時也是《偵探小說十誡》的筆者諾克斯寫過這則故事，並入選為三大傑作集。★從上一層樓的窗戶吊起脖子，掛在樹枝上假裝成吊死的詭計，思維方式也是屬於這個項目。

6 犯人並非在室內的人類（F・A・6的文中）（M・A・5）

例如坡的《莫爾格街凶殺案》的人猿、道爾的《花斑帶探案》的毒蛇，以及其他章節提過的鸚鵡偷寶石等等。（後兩例也屬於窗戶半開或有縫隙的密室）這一項最巧妙的是我在其他章節〈奇特的構思〉寫過的太陽與水瓶的殺人。波斯特或江戶川算是此項的第一人。

B 犯罪時，犯人在室內

1 在門、窗或屋頂上施行的機械裝置

這個方法是初期最常用來構成密室的詭計。我在大正時代讀到詹金斯的短篇

詭計是，犯人離開外出後，把嵌入門內側鑰匙孔的鑰匙用鑷子與線的裝置轉動，就能從門外把內側上鎖，這讓我覺得非常有趣，但後來以范．達因為首的許多作家，想出了這個結構的所有變形，現在這種詭計已經是陳腔濫調，沒有任何人會用了。

ⓐ 首先從安裝在門上的機械裝置開始。窗戶的機械裝置不過是這個方法的應用，之後我再簡單說明即可。所謂門的裝置，就是凶手殺死被害人後，把屍體留在房間裡自己從門離開。接著關上門從內上鎖，之後再製造出這種情況。換句話說，這是從外轉動內側鑰匙上鎖的方法。這樣一來，凶手絕對不可能逃脫的不可思議條件就成立了。

這有三個條件。一是這種場合的鑰匙只能有一把，完全沒有製造備用鑰匙的剩餘時間，必須先對讀者表明這種狀況；另一個是西式的門，鑰匙孔可以從兩面打開，不管從內或從外鑰匙都插得進去；第三是西式的門在門的下方與地板之間一定有些許的隙縫。以上三點就是這裡所寫的詭計的前提條件。

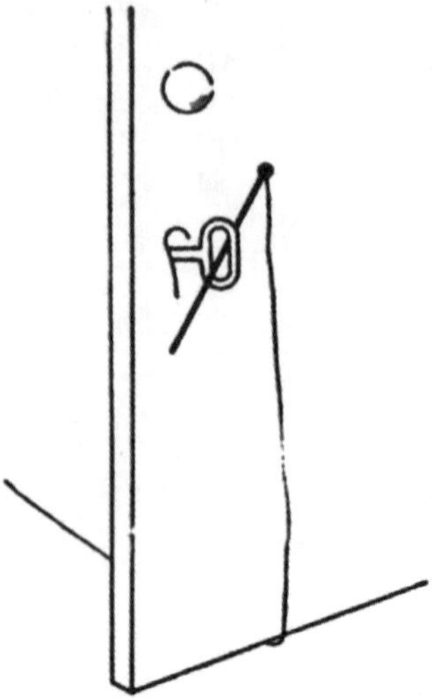

第一圖

門鎖分為普通鎖、插入鎖、門閂三種，關於這三種各自有不同的詭計設計。

①鑰匙的情況（F・B・1）（M・B・1）〈參閱第一圖〉。★

犯人在外出前，從門內把鑰匙插入鑰匙孔，再把火筷子之類的東西插入鑰匙底部的環狀處，另一端綁著牢靠的絲線，然後垂下絲線，從門和地板之間的縫隙拉出門外。接著外出後關上門，把線拉到走廊，旋轉火筷子上鎖，火筷子就會自然落下。再用線從縫隙往外拉出火筷子，收進口袋後離開。

若不用火筷子，只要用任何金屬的棒子都可以。竹棒或木棒的重量不足，可能有無法順利落下的疑慮，也可以用鑷子。如果鑰匙沒有環形處，可以用鑷子夾緊，壓住鑰匙底部扁平的地方也有相同的作用。要讓這種狀況的鑷子掉下來，需要稍微用力拉扯。

★在小說中這個方法雖然有趣，可是實際上需要解決的問題不用這麼麻煩。只要準備用薄鋼鐵製成的鑷子型器具，末稍不尖又薄，有銼刀齒目以免滑進內側的工具即可。犯人先在內側的鑰匙孔嵌入鑰匙，外出關上門後，從外側的鑰匙孔悄悄插入這個工具的末梢，再往內掏取夾住從內側嵌入的鑰匙末端，使勁一轉鎖上即可。這個方法以小說而言一點也不有趣，但實際上好用多了。這個工具在美國等地的犯罪界廣為人知，甚至有「oustiti」的名稱。

②插入鎖的情況（F・B・3）（M・B・1）〈參閱第二圖〉。★把鑷子使勁扣入插入鎖的底部，先確認稍微施力不會移動，再用長絲線綁在鑷子底部。然後在插入鎖移動方向的牆壁上，用力刺進大頭針當作支點。把鑷子的線

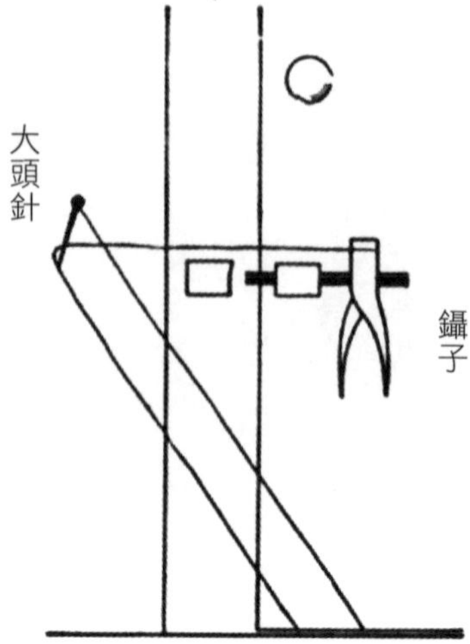

第二圖

掛在這根大頭針上，下垂從門下的縫隙拉到外面，只要拉動這條線，插入鎖就會正好扣入。更用力拉線，鑷子就會脫落掉到地板上。然後再用線從縫隙拉出。可是，光是這樣做，牆壁還會留下大頭針變成線索，因此大頭針的頭也要事先用另一條絲線綁住，任務完成後再拉那條線，把大頭針也從門下的縫隙拉到外面。此外還有各種做法，不過全都是應用這個原理。

③門閂的情況（F・B・4）（M・B・1）〈參閱第三圖〉。★

門上有門閂，柱子上則有插閂處，或

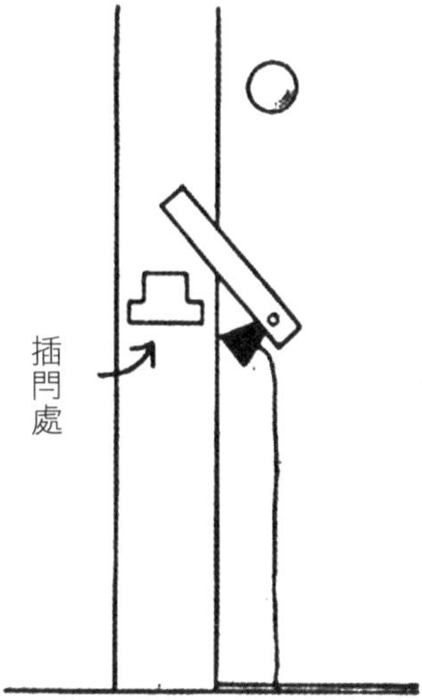

第三圖

是相反的情況。門閂只要扣入插門處，門就打不開了。這種情況下，要避免門閂扣進插門處，把門閂稍微往上抬，在門閂根柢與門板之間，用木頭或紙都可以，先嵌進楔子（圖示的黑色三角形是楔子）固定。然後用絲線綁住這個楔子，也一樣從門下的縫隙把線拉到外面，再拉這條線把楔子拖出。這個裝置的楔子脫落後，門閂就會自然扣上。

★這個楔子有時也會使用蠟燭與冰。關於冰的楔子我已經在其他章節「當作凶器的冰」的「密室與冰片」

詳細說明過，這裡就省略不提；而蠟燭的裝置是，把蠟燭夾在插門處與門閂之間，點火等蠟燭燒完時，門閂就會鎖上，但這麼做就會有蠟殘留在附近，提高了被發現的風險。★此外，某位知名的作家想出了從門外貼上強力磁鐵移動門閂的方法，不過磁鐵缺乏機智，不算什麼太讓人佩服的詭計。

④以上是西式門的結構。★日本的玻璃格子門或玻璃窗門，通常都有**旋入鎖**，因此日本的小偷想出了從外面把鎖卸下的詭計。那就是把既薄又細齒的鋸子，插進門與門的接縫，再用鋸子的鋸齒緊貼旋鎖的旋轉部分，有耐心地朝開鎖方向移動鋸子，就能把鎖解開。寫這種東西或許會被批評我教人犯罪手法，但這是小偷界眾所周知的事，事已至此就算沒人教也是家喻戶曉。比起小偷，被害人都不太知道這回事，因此我寫這件事，是為了警告一般人，我想反而很有意義吧。日本的小偷雖然不會打造密室之類的，但若把這方法應用於密室，也算是一種詭計。

⑤卸下門的鉸鍊（F・B・2）（M・B・2）。★根據卡爾所述，這是西

方的小孩要從上鎖的小櫥櫃等地方偷點心時常用的方法。鎖維持原樣不動，用螺絲起子把門的鉸鍊拆下，再從那裡打開出入，然後再把鉸鍊恢復原狀。這個詭計無視鎖頭，完全著眼於其他地方，富於機智很有意思。只不過門的鉸鍊若不在外側，這招當然就行不通了。這個謎題詭計從詹格威以來，偵探作家也常常書寫。

⑥利用錯覺的神速技法（F・B・5）（M・B・5）。★犯人拿鑰匙外出，從外把門上鎖，再把鑰匙放進口袋。然後，當犯人化身為事件發現者之一，破門進入室內時，趁大家跑近屍體的空隙，再把口袋的鑰匙悄悄插進門內側的鑰匙孔。通常檢查門的時間都是在確認屍體後進行，此時人們就會誤信門已經從內反鎖。★這種情況如果門上有一扇可以自由開關的換氣窗，就不需如此麻煩，只要從換氣窗（或者如果門下的縫隙夠大，從門縫也可以）往室內扔進上鎖的鑰匙，基本上即可達成目的。可是，這麼做並不像插進內側鑰匙孔，可以提供強而有力的證據。

⑦兩把鑰匙的詭計（F・M無）。★準備兩把相同的鑰匙，一把插入門的內

側再外出，關門後用第二把鑰匙插入外面的鑰匙孔，擠下內側的第一把鑰匙掉落室內。然後再直接從外面上鎖就形成密室了。不過，這種情況也只能得到從換氣窗扔進鑰匙的類似效果。

ⓑ 安裝在窗戶的機械裝置。★窗戶的詭計自從坡的《莫爾格街凶殺案》以來，也有各種設計。（坡的詭計秘密說白了，就是在內部折彎固定窗戶的釘子，其實任誰都能開關，因此以密室詭計而言並不正當）。日本的窗門常見的是旋入鎖；而西式可以上下滑動的玻璃窗門，用的則是類似門閂的卡扣。只要能從外面關上這個門閂，就能形成密室。窗戶也是使用細繩或鐵絲，不過窗戶不像門有方便的門縫，因此要讓玻璃有孔洞，再從洞把細繩或鐵絲穿出來，操作方式和門一樣。★有些作品為了製造這個玻璃的洞，會事先朝玻璃開槍，目的就是穿孔。如此一來，那發槍擊就會啟人疑竇，又和真正犯罪的時間不一致，令謎團更加複雜，小說就更有趣了。把誇張的開槍當作得以構成密室的手段，有一種似非而是的趣味。（以上F・M無）

★也有不需細繩或鐵絲的方法（M・B・3）（F・無）。那就是拆下一片窗戶的玻璃，手從那裡鎖上卡扣，再把玻璃裝回原樣，然後塗上補土。只不過，這個方法的補土很新，提高了被發現的風險。

Ⓒ 抬起屋頂的詭計（F・M無）。★詭計的題材用盡後，作者想出了極端的方法。這個新奇的想法是，從門窗下手太溫和了，何不直接把屋頂抬起來呢？三四年前入選昆恩推理雜誌比賽的「第五十一號密室」寫的就是這個方法，門窗本來都是完全的密室，犯人用千斤頂把部分屋頂抬起來，再從那個縫隙出入，之後再把屋頂放下恢復原狀。我認為這個方法有可能因為屋頂的構造無法使用，而且即使放下屋頂也絕對無法恢復原狀，但因為屋頂完全正中搜查的盲點，也不須擔心有人會檢查那種地方。這個想法應用在門上，就是不著手處理上鎖的地方，反而選擇拆掉鉸鍊，移動整片門，從這個構想再延伸，具有一種出人意表的機智。

★然而，日本的某位作家倒是更進一步想出了難得的主意：不是抬起部分屋頂，而是用夾在大樹樹枝的老虎鉗與繩索，像掀蓋一樣往上吊起組合小屋的整片屋頂，再從那裡進出。這樣一來，就沒辦法正經地寫了，要是不用卻斯特頓風格的幽默來看待，這個方法終究是失敗。

★只不過，人上有人，兩三年前我聽雙葉十三郎提過，美國的作家想出了更極端的方法。構想是先在野外殺了人，並在屍體的上面匆忙蓋一間小屋，用來製造密室。如果是簡單的小屋一夜就能蓋好，這也並非不可能。實在是異想天開的難得方案。

2 假裝犯罪時間在實際發生時間之後

ⓐ 假音詭計（F・M無）。★凶手在殺人後，透過前述施行在門上的機械裝置製造密室再離開。之後有第三者經過房間前面時，再隔著門傳出已經被殺者講話的聲音。這樣即可製造這個時間被害人還活著的證人。另一方面，凶手在這個時間於其他地方和朋友之類的見面，製造不在場證明。於是，除了不可能的密

室以外，被害人還活著的時候，凶手正在和朋友聊天，即可構成他一直沒靠近現場的鐵證。謎底揭曉——凶手瞞著被害人，事先把被害人說話的聲音錄進留聲機的唱片，殺人之後，在密室內安設好唱片，並在適當的時間播放出來。★若用手槍殺人取代唱片，實際殺人時用的是消音手槍，然後在暖爐中安裝煙火，並延長導火線，等到凶手在其他地方與第三者說話時，再讓煙火起火燃燒，煙火聲就會誤導此時才是進行殺人的時間，而凶手則有確實的不在場證明，免於被懷疑。★還有方法是，用鈍器毆打殺人，先在密室內設好讓東西倒下或掉落的裝置，在犯罪後間隔許久，響起這個響聲時，就會讓人以為此時才殺人。★此外，還有一招是凶手為腹語師，在製造密室之後，可以等門外有第三者經過，用腹語術模仿被害者說話，讓別人聽起來像門內傳來的聲音，假裝人還活著。

ⓑ視覺欺騙（F・M無）。★前述為騙過耳朵，而這裡所述的則是騙過眼睛。晚上有個靠在桌子的人影映在二樓的窗簾上，其實那是已經被手槍打死的屍體影子。庭院有一場煙火會，凶手利用了那扇窗戶暴露在眾人目光下的機

會，改變了屍體的方向，並避免自己的影子映在上面。假裝成還活著的人影，蒙混殺人的時間，而且又構成密室，凶手有完整的不在場證明。還有許多其他訴諸視覺以蒙混犯罪時間的詭計，但大多無法簡單寫明白。無論哪一個，原理都和此方法相同。

ⓒ 此外，也有一人分飾二角的詭計與密室詭計的組合（F・A・5為這個變形）、（M・A・7）。犯人或共犯在犯罪後，喬裝成被害人出現在其他人面前，藉以製造不在場證明。

ⓓ 這種謎題詭計最出色的是勒胡的《黃色房間之謎》。（F・A・1）一名對犯人有好感的女子，在臥室被犯人毆打至重傷，但女子為了掩護犯人，隱藏重傷關在臥室閉門不出。之後過了一陣子，她在臥室從中反鎖睡著的期間，做了惡夢從床鋪掉下來，發出響聲。在門外的人們嚇了一跳敲門卻沒回應，破門而入後發現，女子倒在床上不省人事。檢查發現她身上有嚴重的挫傷，那並非從床上掉下來會造成的傷痕。可是女子卻絕口不說出被犯人毆打的真相，只能判斷為聲響傳出時，犯

人在室內，而破門時他卻從毫無出口的房間消失了，形成一起不可思議的密室事件。我這麼寫出來就不有趣了，但《黃色房間之謎》這個利用了心裡盲點的詭計，是自古以來所有密室詭計當中，寫得最出色的一個。

3 假裝犯罪時間在實際發生時間之前

（M・A・8）（F無）這是密室中的神速殺人。關於這一項我已經在其他章節〈意外的犯人〉的③「事件的發現者是犯人」的部分詳細說明過，這裡就不再重複。

4 最簡單的密室詭計

（M・C）這一項在勞森的主角馬里尼的密室講義中出現，卡爾的菲爾博士講義則沒有，雖然這是除了A、B以外另設C項的得意詭計，但其實是哄小孩的把戲。這方法是犯人在犯罪後不離開房間，等著門被撬開。然後等門一打開，把身體藏在開啟的門與牆壁之間，趁大家跑近屍體的空檔，逃到室外。乍見下好像很愚蠢，但以實際狀況來說，總覺得有意想不到成功的可能。

5 火車與船的密室

行進中的列車、航海中的船都與外界隔絕，因此列車或船本身就構成了密室。特別是西方火車的包廂，正是合適的密室舞台，因此小說經常使用。飛機也一樣，但也許是很難設計詭計，我不知道有什麼作品把客機用來當密室詭計的地點。這些作品都只是改變密室的舞台而已，詭計的原理與建築物相同。

C 犯罪時，被害人不在室內者（F・A・無編號）（M・A・9）

密室事件中被害人不在室內聽起來很不可思議，但可能是★在其他地方被殺的屍體被帶進這間房間構成密室，★或被害人受了重傷，再走到這間房間，因為某種理由從內反鎖死亡。那個理由可能是下列其中一個：為了掩護犯人，或害怕傷害自己的敵人追過來。這些情況下若被害人斷氣了，旁人就會完全不明所以，成了非常不可思議的事件。既然構成密室，就會懷疑是犯人製造了密室，因此才更讓人搞不懂。愈熟悉密室詭計的人，愈容易被這招騙。這算是密室小說的一種將計就計吧。★有位知名作家也屬於這一項，他想出了投擲人體的新奇詭計：從已成密室的美術室高處窗戶，扔進在室外殺害的屍體，再假裝成在室內被殺的樣子。

D 逃脫密室詭計

這一項有兩種意思。★一是在高樓上，窗戶開著的密室，犯人在犯罪後，用走鋼絲或其他雜技從高處的窗戶逃脫的詭計（M・B・4）（F・無），以及★另一種是越獄的詭計（F・M無）。這是密室詭計的相反詭計，以詭計分類而言，似乎還是放進此項比較妥當。實際越獄有各種巧妙的手段。在懷錶的發條加上像鋸子的齒狀物，堅持不懈地摩擦窗戶的鐵條，製造出逃脫的路；或一點一滴地積存獄中業餘工作使用的材料，例如布或紙，再搓成長繩，用這條繩子從高處窗戶垂吊而下。這些方法雖然有趣，但和偵探小說的謎題詭計性質不同。美國的胡迪尼這位偉大的魔術師，他巡遊世界各國，表演逃脫監獄，也表演過被關進金庫中，再逃脫出來。這當然是一種詭計，但很少能用來當作偵探小說的謎題詭計。胡迪尼傳記中揭露了各種詭計的秘密，是非常有趣的魔術藍本。★以越獄詭計而聞名的小說有盧布朗的《羅蘋逃獄》、福翠爾（Jacques

Futrelle）的《逃出十三號牢房（*The Problem of Cell 13*）》、勞森的《無頭女郎（*The Headless Lady*）》等等。羅蘋的詭計是在單身牢房裡裝病長時間臥床，趁此時易容，拘提上法庭時，已經判若兩人，讓人以為是冒牌貨，於是被釋放。

★福翠爾的主角是學者名偵探，為了測試能耐而入獄，他從牢裡出現老鼠推測出地下有不再使用的古老下水道通過，他有耐心地馴服老鼠，用襯衫解下的線綁在老鼠腳上，趕進地板的洞中與外界聯絡，結果外面為他送進了用來切斷窗戶鐵條的硝酸小瓶，這個詭計描寫得十分巧妙，以小說而言非常有趣。《無頭女郎》終於已經有日譯本，但這個詭計我無法簡單說明，這裡就不談謎底了。

一九五六（昭和三十一）年五月，為了本書新寫的內容

隱藏方法的詭計

卡爾的某短篇作品，藏凶器的方法很有趣。有一人在室內被銳利的匕首殺害。這間房間算某種密室，凶器絕對不可能拿出房間，儘管如此，房間裡卻怎麼也找不到匕首。看起來似乎達成了不可能的任務。

「躲好了沒？」「還——沒。」捉迷藏的趣味就在機智與緊張感。在我小時候，名古屋地區有個名叫「藏垃圾」的遊戲。一個小孩在地上畫出方形的區塊，再把某種特定的垃圾，火柴棒之類的木頭或稻草碎塊、小石子之類的埋在區塊中的土裡藏起來，讓其他的小孩找出來，算是把「捉迷藏」縮小至極端的遊戲。我小時候覺得這個遊戲好玩得難以言喻。

青年時期，我和朋友兩人沒零用錢無聊時，曾經想出稍微擴大「藏垃圾」的遊戲自娛取樂。我和朋友們互相輪流負責藏東西，譬如把一張名片藏在桌上某處。桌上亂七八糟，擺著書本、硯台、香菸、菸灰缸，以及其他五花八門的東西。遊戲是在這張桌上的叢林中藏進一張名片，我用的手法是，把當時流行的朝日或敷島的香菸紙菸嘴，抽出口部內芯的厚紙，用那張名片捲成細捲代替插入。也想出把名片整面塗墨，貼在黑色盆子裡藏起來的辦法。這個遊戲可以充分排遣整天的無聊。

偵探小說也時常採用這個「隱藏」的趣味。亦即犯人躲；偵探找。其中最出色的例子，應該算是坡的《失竊的信》。他的手段是抓住相反的心理，以故意拋到眼前來取代隱藏。卻斯特頓則應用這個方法藏人，寫了《看不見的人》。郵差的職業成為盲點，即使近在眼前也不知道。這方法也應用於昆恩的長篇小說《X的悲劇》。列車售票員與渡船的剪票鉗成了障眼法。明明一直在眼前，卻完全沒人察覺。

說到謎題詭計，肯定是用來把一切萬物藏起來的詭計，而我試著回憶起幾個自古以來藏東西和藏人所用的詭計。藏東西方面，以寶石、黃金、文件之類的最多，查閱我以前做筆記的「詭計表」結果，首先是藏寶石類的地方，有些比較極端的，像是塞進犯人自己身體的傷口裡、讓鵝吞下、犯人自己吞下等等；一般藏東西的地方，則有肥皂裡、奶油瓶的奶油中、包在口香糖裡、把項鍊掛在聖誕樹的亮晶晶裝飾上等等。

吞進寶石，之後在排泄物中找出來，或是婦女藏在陰部，這些以小說來看反而很普通；而藏在傷口的辦法，為了藏小東西傷害自己的身體，或是掀開已有的傷口塞進去，這種要忍受巨大痛苦的描寫，有種奇妙的刺激感。我筆記裡有關這個詭計的範例，是畢斯頓的《負面的夜光珠》，不過應該還有其他例子。歌舞伎的「血達磨」戲劇中，在土牆倉庫中被烈火包圍的主角，為了救主人家的一幅卷軸寶物，切腹後把寶物塞進自己腸子裡的構想，雖然不是為了「隱藏」，但這算是這種題材最具驚悚感的一個吧。

而小說構想有難以忘懷的奇妙趣味，則是道爾的《六座拿破崙半身像（*The Adventures of the Six Napoleons*）》，同樣造型的六座石膏像，不知道哪一座藏了寶石，以及同樣是道爾作品的《藍石榴石探案（*The Adventure of the Blue Carbuncle*）》，寶石被鵝吞下藏了起來，卻不知道是哪隻鵝。亞瑟 莫里森（Arthur George Morrison）的長篇作品《十一之瓶（*The Green Eye of Goona*）》也用了相同的構想。

羅伯特．巴爾（Robert Barr）的短篇作品中，有篇很奇特的藏金幣詭計。有個老人是守財奴，藏了一筆龐大的金幣不用，等他死後，那筆金幣下落不明，怎麼找也找不到。找遍了家裡，連天花板和地板都翻過來找，還是找不到，也沒有埋在地下的跡象。然而，金幣還是不斷暴露在尋找者的眼前。老人生前採購了火爐、風箱，以及鐵砧等工具，看來是用來做打鐵之類的行為。其實他是把所有金幣都熔化，製成壓延金屬板，再打製壓延成像紙一樣薄，貼在全家的牆壁上，然後上面再貼一層普通的壁紙藏起來。把金幣延展成令人驚訝的面積，充滿每間房間，這種出乎意料之外的藏法很有意思。

卡爾的某短篇作品，藏凶器的方法很有趣。有一人在室內被銳利的匕首殺害。這間房間算某種密室，凶器絕對不可能拿出房間，儘管如此，房間裡卻怎麼也找不到匕首。看起來似乎達成了不可能的任務。可是，其實這個情況也是凶器不斷出現在尋找者的眼前。凶器就是銳利的玻璃碎片。室內有大金魚缽之類的玻璃容器，凶手把碎片沉入其中躲避察覺。當然放進水裡以前，要把血擦乾淨。

也有人用類似這方法的詭計消滅凶器，而不是藏凶器。那就是利用銳利的冰碎片或冰柱當成匕首，不久這個凶器就會融化消失了。關於這種詭計我已經在其他章節〈當作凶器的冰〉寫過，這裡就不再重複。

藏文件或紙片的地方，經常用的方法是把聖經之類的厚書皮剝下，把紙夾在中間，這是很平凡的方法。我則把紙幣藏在花盆的土中，這就更平凡了。可是西方也有花盆的例子，克勞夫茲就用在某短篇作品中。盧布朗的《水晶瓶塞的祕密》把紙片藏進義眼的空洞中，應該算是藏東西的奇特手法吧。和這個類似的，還有藏自殺用的毒藥地點，菲力爾帕茨（Eden Phillpotts）用了義眼，而使用假牙的情況也經常出現。

偵探小說中藏人的地方也有各種新奇之處。例如重大罪犯因犯下其他輕罪入獄，把監獄當作藏身的地方，還有裝病住院的手段，都經常使用。先前提過犯人假冒郵差或列車售票員的手法也很有趣。卻斯特頓是想出非凡新奇詭計的高手，這個「藏人」的手法也是他最為引人注目的構想。囚犯在越獄逃跑的路上，有一場大宅邸的化妝舞會。越獄的囚犯身穿那件粗條紋的囚犯衣服，直接混入人群中，瞞過追捕者的眼睛。在宅邸內假扮成囚犯是絕妙的主意，還獲得了掌聲。

在道爾的短篇作品中，有個詭計是利用警官包圍的宅邸內剛好有人病死，於是做了一個比一般還大的棺材，和死人一起躺進棺材抬出宅邸外，瞞過警官。克莉絲蒂的短篇作品中，則有詭計是犯人鑽進婦女床罩的下襬，巧妙利用迴避婦女床鋪的心理。拉蒂默（Jonathan Wyatt Latimer）也在《被偷的美女（*The Lady in the Morgue*）》中用過相同的構想。

更簡單的戲法則是犯人假扮成稻草人騙過警官的眼睛（卻斯特頓），或是假冒成蠟像（卡爾《蠟像館裡的屍體（*The Corpse In The Waxworks*）》、我的《吸血鬼》）等等。

以上是藏活人的方法，而藏屍體的詭計則有非常多例子。我的「詭計表」大致分類為四種：①永久隱藏的詭計②暫時隱藏的詭計③移動屍體隱藏的詭計④無臉屍。

①永久隱藏屍體的方法，包括埋到地下、沉入水中、用火災或火爐燒毀、以藥物溶解（日本的例子如谷崎潤一郎的《白晝鬼語》）、塗抹在磚塊或混凝土的

牆壁（坡的《一桶阿蒙蒂亞度酒（*The Cask of Amontillado*）》、我的《帕諾拉馬島》）等等，大多是任誰都能想到的構想。不過也有像鄧薩尼（Lord Dunsany）的《兩瓶調味料（*The Little Tales of Smethers*）》，把屍體吃掉的稀奇例子，他把屍體製成碎肉，做成香腸（德國的實例），或是把屍體鍍金做成銅像（卡爾）、形成屍蠟（我的《白日夢》）、投入水泥爐中做成水泥粉（葉山嘉樹《水泥桶中的信》）、摻進紙漿做成紙（楠田匡介《人間詩集》）、綁在氣球上埋葬於空中（水谷準《我的太陽》、島田一男也有相同方案）、把屍體製成乾冰打得粉碎（北洋的作品）等等，不勝枚舉。

②暫時隱藏的詭計，例子有克勞夫茲的《木桶》、奈歐．馬許（Ngaio Marsh）的羊毛捆、尼可拉斯・布萊克（Nicholas Blake）的雪人（塞克斯頓・布雷克（Sexton Blake）也出現過這個，我也在《盲獸》等作品用過，其他還有很多例子）、卡爾的蠟像、我的生人偶與菊人偶，藏在大垃圾桶的手法，我也在《一寸法師》用過，卻斯特頓也在《孔雀之家（*The House of the Peacock*）》用過。

大下宇陀兒的《紅座的庖廚》則是藏在冰箱裡。

卻斯特頓的作品有個極端的謎題詭計：有位將軍因私怨在戰場上殺了部下，為了藏屍體，開始了一場必輸的戰鬥，讓我方的屍體堆積如山，再把因私怨殺死的屍體偽裝成戰死。為了一個人屠殺幾十人，有一種殘暴與滑稽交雜，不可思議的況味。

③移動屍體隱藏的詭計，例子有卡爾的長篇與卻斯特頓的短篇，把屍體從殺人現場搬到完全不同的地方，讓人以為是在後面的地點殺人，基本上是為了增加偵查困難的詭計，而這個方法只要再添加各種奇特的計謀，就能產生無數的型態。

卻斯特頓研究出一個奇特的謎題詭計：戶外有聲響，引被害人從窗戶探視，再從上一層樓的房間，降下環圈套住他的脖子往上掉，再直接從建築物後面的窗戶降下，交給在地上待命的共犯，共犯再將那條繩子綁在樹枝上，假裝成上吊自殺。

移動詭計中，則以使用火車屋頂帶給人意想不到的趣味最有意思。這些詭計的先鋒是道爾的《布魯斯・帕丁頓計畫探案》；而布賴恩　弗林這位作家則在長篇作品《路上殺人事件》把火車換成兩層的公共馬車，同樣用了這個詭計設計；日本則有我的《鬼》、橫溝正史的《偵探小說》借用過這個構想。把屍體放在離貨物列車屋頂遙遠的轉彎處被甩到地上，就會看起來像在此地點發生命案。

另一種引人注目的構想是，犯人本身無作為，是被害人自己走路移動，增加偵查的困難度。范．達因的某長篇作品，被害人被銳利的刀具刺傷，卻沒意識到是致命的傷害，走到自己的房間把門從中反鎖，並在房裡斷氣，令這起殺人事件呈現非常不可思議的外貌。這是很類似落語〈首提燈〉的故事。卡爾更進一步在某長篇作品寫了不可思議事件的故事：一名在屋外被槍擊頭部的被害人，滿不在乎地走回家才斷氣。而且，為了避免讀者批評這種事怎麼可能辦到，他引用了犯罪史上的實際例子，即使頭部受到槍擊也不會立即死亡。

卡爾設計出移動屍體的各種方法，雖是長篇作品的核心詭計，但必須先組織複雜的狀況，難以簡單說明，而極端的例子，則是隔著走廊扔擲殺害的屍體，假裝成被害人好像在屍體的掉落地點被殺害。大坪砂男的《天狗》則是更極端地運用這方法，利用投石器的裝置把屍體投擲到遠處。有一種雜耍是把自己當成砲彈從大砲發射，若把這個用在偵探小說，也算一種謎題詭計，投擲屍體或發射屍體，肯定是一種卻斯特頓風格的卓越幽默詭計。

和這個類似的，則有我現在忘記作者名字，偵探雜誌《LOCK》的得獎作品，用剷雪機把屍體撞出去，製造奇異狀況的故事十分有趣。

利用潮流移動屍體或載有屍體的船，讓偵查變困難的詭計也經常使用。西方的合著小說 *The Floating Admiral*、日本蒼井雄的《黑潮殺人事件》、飛鳥高的某作品、島田一男的某作品等等，可以見到這個例子。

關於④「無臉屍」的詭計，我將在其他章節撰寫，這裡就不再重複。

《偵探俱樂部》共榮社，一九五三（昭和二十八）年八月號

可能性的犯罪

一再出現和夢境完全相同的景象，這種不同尋常的趣味引誘著他。他不斷往墓穴的深處內部前進，然後他忽然吃了一驚絆到什麼，腳下的地面突然消失，掉進那裡的古井中。

即使用不著計算機率，偵探小說也經常描寫「這麼做應該能殺了對方，或是殺不了，到時就聽天由命」以這種手段殺人的故事。這當然算一種計畫殺人，凶手卻連一點罪過都不會被追究，是極為狡猾的方法，可是，若用這種做法殺人，法律又會如何處置呢？

西方的偵探小說經常出現這種方法。在一個有幼童的家庭裡，A對B心懷殺意，B的臥房在樓上，於是A計畫讓B在半夜下樓梯時從梯頂點跌落。在西方的高聳樓梯跌倒，如果撞到要害，有充分的可能會丟了小命。A利用這個手段，把幼童玩具的彈珠（日本就是汽水的彈珠）放在樓梯上容易被腳踩過的地方。B說不定不會踩到那顆彈珠。或是可能踩到卻沒有造成什麼會喪命的重傷。可是，無論達成目的或失敗收場，A都一點也不會被懷疑。畢竟每個人都必定認為那顆彈珠是幼童白天忘在那裡的東西。

天真兒童的玩具彈珠被用來當作可怕殺人的手段，或許是這種對比頗有妙趣，西方偵探小說經常用這個手法。最近出版的英國作家邱林福（Guy

Cullingford）的長篇偵探小說《死後（*Post Mortem*）》中也出現這個方法，讓人不禁發笑怎麼又來了。

像這樣如果順利當然好，即使不成功也完全不必擔心被懷疑，即使失敗好幾次，只要不斷重複相同的方法，總有一天達成目的就好，這種狡猾的殺人方法，我命名為「可能性犯罪」。因為這個方法不是「必定」，而是「順利的話」才會成功。自古以來就有以此為主題的作品。舉一個例子來說，羅伯特・路易斯・史蒂文森（Robert Lewis Balfour Stevenson）的《這算殺人嗎？》的短篇作品中，巧妙利用人類的好奇心與「唱反調」的心理，描寫了可能性的殺人。

故事是某伯爵向某男爵報仇，有次兩人停留羅馬時，伯爵若無其事地向男爵說起自己做了奇妙的夢。他詳細地談到：「我昨晚做了一個不可思議的夢。我夢到你，我看見你在我的夢裡進入羅馬郊外的某個地下墳墓（羅馬知名的地下墓穴〔Catacomb〕）。我不知道是不是真的有那種墳墓，但清楚記得夢中前往那裡的路線與沿路的景色。」「你在那裡下了汽車，去參觀那座地下墳墓，我也跟在你後面走。那條地下道很荒涼可怕，你在黑暗中憑著手電筒的光不停地往前走。我總覺得你會消失在無止境的地底中，感到很不安，好幾次叫你『好了啦，我們快點回去』，但你連頭都不回，不斷往黑暗的深處裡面前進……真是個奇怪的夢。」一副印象深刻的模樣說給男爵聽。

之後過了幾天的某一天，聽過夢境故事的男爵開車到郊外兜風，偶然路過和伯爵夢境中景色一模一樣的鄉間小路。找一找後發現，那裡的確有座和夢境相同的地下墳墓。夢境與現實竟然不可思議的相符。男爵出於好奇，不禁開了手電筒前往墓穴一探。一再出現和夢境完全相同的景象，這種不同尋常的趣味引誘著他。他不斷往墓穴的深處內部前進，然後他忽然吃了一驚絆到什麼，腳下的地面突然消失，掉進那裡的古井中。呼救也沒人幫他，男爵終於在此喪命。

於是伯爵達成了復仇的目的。他的夢境故事是編造的謊言，其實是他數日前，自己去參觀過那座墓穴，清楚知道在深處的古井扶手，已經老舊損壞。作者用的標題是「這究竟算殺人罪嗎」，打了個問號。

在日本，谷崎潤一郎先生則是我所謂「可能性的犯罪」的創作先鋒。他的初期短篇作品《中途》就是屬於這個。先生想殺妻子，想了許多完全不會構成犯罪的手段。故事是先生把暖氣瓦斯管的開關鈕安裝在妻子臥室，人的腳容易碰到的地方，預期女傭不注意經過旁邊，衣服的下襬碰到就會打開旋鈕，或是汽車發生碰撞時，坐右側座位的人比較高比率會受傷，因此總是讓妻子坐在右邊，嘗試種種類似這些乍見下沒有惡意的布局後，終於導致妻子死亡。我讀了這篇故事時，覺得怎麼有那麼巧妙的事，深受感動怎麼會有如此巧妙的殺人，我受此影響寫了《紅色房間》的短篇作品。

《紅色房間》中有個「愛唱反調」又倔強的盲人，要是朋友跟他說「你再不往左邊靠就會有危險，右邊有個地下工程的洞穴很深」，他就會表示「你這樣說是又在戲弄我吧」，故意反而往右靠，掉進下水道的洞裡，撞到要害而喪命；還有傷患在半夜詢問汽車司機，附近哪裡有醫生，結果司機明明知道往右走有家醫術高明的外科醫院，卻告訴對方左邊醫術拙劣兼職內科的醫院，延誤治療造成傷患最後死亡等等，羅列了五、六個這種可能性的殺人手段。

西方則有英國的菲力爾帕茨（Eden Phillpotts），用這個主題寫了長篇偵探小說《極惡人的肖像（*Portrait of a Scoundrel*）》。為了殺某人，凶手暗地裡間接殺了那個人無冤無仇的幼兒。凶手與那名幼兒沒有任何關係，因此一點也不用擔心被懷疑。幼兒的父親妻子早死，那個孩子是他唯一愛的對象，因此凶手讓愛兒先死，令他失去這世上的希望，他就變得自暴自棄，沉溺於冒險的騎馬，在山中墜馬而死。間接殺人就此奏效。此外，凶手利用身為醫生的立場，對某個懦弱的男子謊稱你得了不治之症，讓對方逐漸信以為真，造成他煩悶之餘自殺。

西方的短篇作品中，有一篇美國的普林斯兄弟合著的《指男》。主角是一名心理異常的犯罪者，這名男子在幼兒時期，就相信神明允許他對不喜歡的人做出神明的審判。神明的指示天啟是：「畢竟你是人，未必不會犯錯。因此決定權握在我手上，你只要嘗試處罰即可」。於是這名男子從幼年時直到今日，都在行使這個特權。七歲時，他為了殺害討厭的奶媽，晚上在樓梯的上方放了溜冰鞋。如果神明認為處罰不正確，奶媽就會發現溜冰鞋吧；若天意是處罰正確，奶媽就會踩到溜冰鞋滾下來。那名奶媽後來折斷頸骨死亡。

有名少女在馬路上蒙眼玩捉迷藏，這名男子悄悄把人孔蓋拆下旁觀一切，結果少女跌進洞裡死亡。這是神明接收了少女的天意；他還在某醫生工作的地方打開瓦斯噴槍的開關，醫生進入這間房間時正在抽雪茄，接著就被火焰包圍而死。這是神明接受醫生的天意；這名男子熱愛以地下鐵當作「處罰」的手段，他讓多名男女在這裡被神接收。他在尖峰時間的地下鐵月台邊拋出手提包，某名女子就被手提包絆倒摔落軌道，導致被車輪輾過身首異處；此外這名男子還潛入某鐵匠的工作場所，調鬆大鐵鎚的槌柄。鐵匠用鐵鎚時，就被脫落的鐵槌頭擊中而死……等等。

舉例就到以上為止，但我認為這個「可能性的犯罪」，在刑法學或犯罪學上，應該是個值得深入思考，很有趣味的題目。有個笑話是「醫生不殺個幾十人就無法獨當一面」。雖然當這幾十人當中的病患真令人煩惱，但這種善意的殺人（？）並不成罪。關鍵就在這種事情與明確的殺人罪之間如何劃清界線。我認為「可能性的犯罪」就在這條界線的前後，要在這裡畫出一條清楚的線，應該非常困難。正因如此，我們不是應該以最嚴肅的態度思考這個問題嗎？

《犯罪學雜誌》日本犯罪學會，一九五四（昭和二十九）年二月號

無臉屍

把殺人事件的被害人容貌弄得完全無法辨識，讓屍體來歷不明，或者偽裝得像其他人的屍體，對凶手而言極為有利。實際犯罪上有時會用這個詭計，而小說則更常使用。特別是偵探小說未發達的時代很常用。

從前偵探小說大量使用的詭計中，有一系列命名為「無臉屍」的謎題詭計。

把殺人事件的被害人容貌弄得完全無法辨識，讓屍體來歷不明，或者偽裝得像其他人的屍體，對凶手而言極為有利。實際犯罪上有時會用這個詭計，而小說則更常使用。特別是偵探小說未發達的時代很常用。現在如果出現面容無法辨識的屍體，讀者立刻會察覺「哈哈，又是這招啊」，因此已經很少用了。於是作者想出了一種方法：故事還有一個內幕是，之所以毀容假裝成其他人，其實是騙人的，屍體還是一開始推斷的那個人，但這種方法也不太有趣。

有兩個方法可以讓被害人的面容無法辨識。一是用鈍器毀壞屍體的臉，或用猛藥燒毀等等，讓面容無法辨識；另一個是把頭砍斷藏起來，只剩下無頭軀體的方法。此時當然可以讓被害人穿上別人的衣服。

可是，即使做了這種事，人類的身體還是會有些明顯標記的特徵在某處，像是骨肉親人，例如妻子，即使沒有頭，還是可以識別丈夫的屍體，因此偵探小說要用這個詭計時，就必須讓登場的被害人沒有骨肉至親者。

此外還有另一道難關。現在指紋辨識很發達，如果那名被害人有前科，或者即使沒有，只要這個人曾在警察的指紋原紙上自願捺印指紋，立刻就會知道是誰，此外只要比對屍體與被害人家裡器物上留下的指紋，冒牌貨馬上就會被拆穿。所以，凶手不僅要讓面容無法辨識，還要把雙手的指尖都敲毀或切斷才行。可是如果做了這種事，很容易被察覺製造假屍體的企圖，這個「無臉屍」的詭計以實際的問題來說，其實也是相當困難。

這個謎題詭計有許多變形。例如美國作家勞森的長篇作品《無頭女郎》，描寫的趣味是一名婦女臉上有傷，整張臉都包著繃帶，所以弄不清楚到底是不是這名婦女，還是其他女子變裝而成。我也在通俗長篇作品《地獄的小丑》用過相同的構想。也就是說，「無臉屍」的詭計也能挪用到活人身上，而且未必要讓臉變形，只是包裹隱藏也能達到同樣效果。戴著面具死在獄中，直到最後都未被發現真面目的「鐵面人」傳說，也算是一個和這個詭計有相同趣味，非常重大的實例。活人也有藉由整形外科手術改變容貌完全變成另一個人的詭計。（例《總統偵探小說》與我的《石榴》）。

另一種變形是，卻斯特頓的《秘密庭園（*The Secret Garden*）》，以及萊斯夫人（Craig Rice）的《完美的犯罪（*Having Wonderful Crime*）》的型態。這個構想不滿足於僅僅切斷被害人的頭，還把其他屍體的頭拿來交換。以實際問題來看，除了古時候戰爭的情況以外，我覺得應該沒人會幹這種事吧，但在小說上可以用寫法讓一切充分成立。

日本的高木彬光先生，進一步想出了另一個此詭計的新變形，讓我們為之驚嘆。這是他處女作《刺青殺人事件》使用的謎題詭計，新發明是交換軀體，而非切斷頭用其他頭來交換。為什麼要把軀體藏起來，因為那裡有刺青，是最明顯的記號。可是應該會有人反問，如果留下頭，立刻就會辨識出被害人不是嗎？而作者事先編造出並非如此的狀況。就算辨識出臉，只要不認出刺青，凶手就是安全的狀況。

那麼，話說從頭，讓我們想一想「無臉屍」的原型詭計最初的發明者是誰。自從偵探小說的始祖坡以來的一百一十幾年間，毀壞面容讓人誤以為是他人屍體的詭計，不管在實際事件或小說，都有數不完的例子用過。以我所蒐集的知名作家來說，道爾、克莉絲蒂、布拉瑪赫（Ernest Bramah）、羅德（John Rhode）、昆恩、卡爾、錢德勒（Raymond Chandler）等人，各自都有使用這個詭計的範例。

那麼在此之前，也就是在坡以前，有沒有例子可循呢？當然有。搶先坡最初的偵探小說《莫爾格街凶殺案》一步，一八四一年初起，英國文豪狄更斯開始於週刊誌連載《巴納比．拉奇》，而構成這部長篇歷史小說情節的主要內容，就是「無臉屍」的謎題詭計。

位於鄉下宅邸的主人被殺，而管家與庭院警衛同時行蹤不明。兩人之中的某人一定是殺人凶手，但就在難以判斷的時候，最終過了一個月左右，在相同宅邸的古池中發現了一具屍體。面容已經變形，根據服裝判斷是管家的屍體，因此判定為那名擔任庭院警衛的男子殺害主人與管家後逃走。可是，其實這是謎題詭計，真凶是管家。他殺了主人奪取金錢，又殺了發現的庭院警衛，讓屍體穿上自己的衣服，自己則穿上警衛的衣服逃走。

狄更斯在英國可以說是繼莎士比亞之後的文豪，但此人是個十足的偵探小說愛好者。英國是世界第一的偵探小說國，也是因為具有這種古老的傳統。雖然《巴納比·拉奇》並非純偵探小說，但狄更斯死前即開始書寫，最終未完成的長篇故事《艾德溫·德魯德之謎（*The Mystery of Edwin Drood*）》可以算是純偵探小說，這部小說的犯人是誰，用了怎樣的詭計，從狄更斯剛死不久直到現在，各個不同的作家議論紛紛，甚至發表過二十種以上《艾德溫·德魯德之謎》的解決篇故事。

那麼最初使用「無臉屍」詭計的人就是狄更斯嗎？倒也不是。雖然知道不是他，但我也還沒找出是誰在哪裡用過的具體資料。儘管如此，要斷定狄更斯並非始祖也需要理由，畢竟從十九世紀開始，一躍追溯至西元前，這段時間分明用過這個詭計。從西元前到十九世紀不可能是空白。找一找一定有，但像我這種人和十八世紀以前的文學緣分極遠，我沒有涉獵的能力與機會，因此只能暫時放棄了。

西元前的「無臉屍」（更正確來說是「無頭屍」）例子，我發現了兩個。其中一個在有歷史之父之稱，古代希臘希羅多德的大著《歷史》中，該書第二卷第一百二十一段的全文如下：（此書有日文的全譯版，青木巖譯，昭和十五〔一九四〇〕年，生活社發行，上下二卷）。

希羅多德是西元前五世紀的人，但這位希羅多德周遊埃及時，聽過該地的長老提起西元前一二〇〇年左右的埃及王拉姆潑西尼德斯，又名拉美西斯四世的逸事。「無頭屍」的詭計也相當古老不是嗎？

拉姆潑西尼德斯是非常富裕的國王，存了龐大的銀錢，為了安全地保管，他建造了和宮殿相接的石庫。然而，奉命建造倉庫的男子心懷不軌，他在一塊牆壁的石頭上動了手腳，只要用很大力氣就能拔出。表面上看起來和其他石頭並沒兩樣，但他打造了只有一塊石頭會動的裝置，也就是當作密室的秘密出入口。

這實在是遠大的計畫，這位建築師臨死之際，把兩個兒子叫來枕邊，偷偷交代遺言。「其實我為了你們在那座石庫造了秘密捷徑。如果你們想成為大富翁，可以從那裡潛入，偷出國王的財寶，不會有人會發現。」接著詳細告訴兒子們移動石頭的方法。

兩個兒子遵照遺言，屢次潛入石庫，偷出許多銀錢，而倉庫的門仍完全上鎖，沒有人會懷疑。

有一次因為需要，國王打開倉庫的門，檢查後卻發現遺失了高額的銀錢。明明門窗都密閉，裡面的銀錢卻減少了，真是無法解釋的奇怪現象。（這裡可以看到「密室詭計」樸素原型）。從此以後，兩三次開倉庫每次都會增加遺失的數量，國王心生一計，布了一個抓人的陷阱，裝設在倉庫裡。

不知情的兩個兒子，某天晚上又潛入倉庫，但立刻有一人中了陷阱動彈不得。另一人想救他出來，但試了各種方法，怎樣都無法擺脫陷阱。於是中了陷阱的兒子終於死心，為了不敗壞家門名聲，命令另一個兒子砍下他的頭帶回去。這麼做的意義是只要沒有頭就不能識別犯人，從而也不會連累兄弟與家人了。另一個兒子飲泣吞聲，按他吩咐的砍下首級，帶頭出去把出入口恢復原狀逃回家。（也就是「無頭屍」的詭計）

次日，國王進倉庫一看，發現倉庫沒有任何異常，明明毫無出入口，卻看見竊賊無頭的屍體中了陷阱，吃驚不已。之後國王又想出一計，把無頭屍掛在城牆外，要哨兵注意來往的人們，等待家屬現身。於是倖存的兒子又對此用了另一個詭計，順利偷走兄弟的屍體。國王愈來愈驚訝，這次他派自己的女兒，也就是公主住進妓院（希羅多德先說了，他覺得這是有點難以相信的事），讓每位客人談談自己的身世，藉以找出竊賊。

倖存下來的兒子耳聞這件事，故意去那家妓院。這裡又是一個詭計。他砍下墳墓新屍體的手臂，暗中帶去找公主，面對提問，他回答自己是竊賊。公主怎麼會讓他逃走呢，抓住他的手時，其實抓的是他從屍體砍下來的手臂。因為是黑暗中發生的事，她並未察覺。公主以為抓到竊賊就放心了，而當事人則只留下手臂，趁暗逃走。後來國王聽聞此事，很佩服年輕人的智慧，最後認輸把公主許配給他。真是可喜可賀、可喜可賀的一則故事。（這個假手臂的詭計也用在法國的《方托馬斯物語（*Fantômas*）》中，我在青年時看過電影的那個場景，留下深刻的印象，之後我也在某些通俗長篇作品中用了相同的謎題詭計）

另一個西元前的例子，仍是出自古代希臘，作家保薩尼亞斯（前二世紀的人）的紀錄。這是據說建造德爾菲的阿波羅神殿的兩位建築師，阿伽墨得斯與特羅豐尼烏斯的故事，他們因為在倉庫建造捷徑，後來中了陷阱，以至於被砍頭，和拉姆潑西尼德斯王的故事一模一樣。大概是埃及的傳說傳到希臘，變成別人的故事保留下來了吧。

我順便也舉一些東洋的實例，雖然古代好像有佛教經典的例子，但我未曾考究。宋朝時，於十三世紀初寫成的《棠陰比事》有一則〈從事函首〉的有趣故事。某個富豪家的主人愛上商人的妻子，把他的妻子偷藏起來，用另一人的屍體替代留在商人家。當然，這讓商人有殺妻的嫌疑，最後富豪家主人藏的另一人首級被發現，和本來以為是商人妻子的屍體軀幹接上正好相合，屍體很明確不是商人的妻子，而富豪家的主人也就入罪了。

這則故事也被明朝馮夢龍編纂的《智囊》以〈郡從事〉為題收錄，此外《智囊》的日譯主要內容，也收錄於辻原元甫的《智慧鑑》。《智慧鑑》比西鶴的《本朝櫻陰比事》更早，是萬治三（一六六〇）年出版的原始偵探小說書籍。

我想日本在《古事記》、《日本書紀》，或《今昔物語》、《古今著聞集》等書中，應該有「無頭屍」的故事，不過還沒確認。我現在知道的，是在之後很久的時代，《源平盛衰記》第二十卷〈公藤介自害事〉與之後的〈楚効荊保事〉有日本與中國的案例。可是，公藤介的故事與其說為了欺瞞，不如說是愛惜名聲才砍掉自己兒子的頭，這兩則故事當作謎題詭計的意義都稍嫌薄弱。

《偵探俱樂部》共榮社，一九五二（昭和二十七）年五月號

附錄一

「詭計類別集成」目次

各項目下的數字為作品範例的數量，若除以總計範例的數量八百二十一，就能算出該項目所含的範例所占的百分比。

【第二】有關犯人（或被害人）的詭計（兩百二十五）

（A）一人分飾二角（一百三十）

①犯人假冒為被害人（四十七）②共犯假冒為被害人（四）③犯人偽裝成被害人之一（六）④犯人與被害人完全是同一人（九）⑤犯人假冒為想嫁禍嫌疑的第三者（二十）⑥犯人假冒為虛構人物（十八）⑦替身——兩人分飾一角，雙胞胎詭計（十九）⑧一人分飾三角、三人分飾一角、兩人分飾四角（七）

（B）一人分飾二角以外的意外犯人（七十五）

①偵探是犯人（十三）②法官、警察、典獄長是犯人（十六）③事件的發現者是犯人（三）④事件的記述者是犯人（七）⑤兒童或老人是犯人（十二）

⑥殘疾者、病人是犯人（七）⑦屍體是犯人（一）⑧人偶是犯人（一）⑨意外的多人是犯人（二）⑩動物是犯人（十三）

（C）犯人抹殺自我（一人分飾二角以外的）（十四）

①假裝燒死（四）②其他的假死（三）③易容（三）④消失（四）

（D）奇異的被害人（六）

【第二】有關犯人出入現場痕跡的詭計（一百〇六）

（A）密室詭計（八十三）

①犯罪時犯人不在室內者（三十九）

（a）室內的機械裝置（十二）（b）透過窗戶或縫隙從室外殺人（十三）

（c）在密室內導致被害人自己死亡（三）（d）在密室假裝成他殺的自殺（三）（e）在密室假裝成自殺的他殺（二）（f）在密室的非人類犯人（六）

②犯罪時犯人在室內者（三十七）

【第四】有關凶器與毒物的詭計（九十六）

（A）凶器詭計（五十八）

①奇異的刀具（十）②奇異的子彈（十二）③電力殺人（六）④毆打殺人（十）⑤壓死（三）⑥勒死（三）⑦摔死（五）⑧溺死（二）⑨利用動物殺人（五）⑩其他奇特的凶器（二）

（B）毒藥詭計（三十八）

①吞下毒（十五）②注射毒（十六）③吸入毒（七）

【第五】藏人與物方法的詭計（一百四十一）

（A）藏屍體的方法（八十三）

①暫時隱藏（十九）②永久隱藏（三十）③透過移動屍體欺瞞（二十）④無臉屍（十四）

（B）藏活人的方法（十二）

【第六】　其他各種詭計（九十三）

【第七】暗號記法的種類（小說的例子三十七）

（A）符契法　（B）表形法（四）　（C）寓意法（十一）

（D）置換法（三）

①普通置換法（一）②混合置換法　③插入法（二）④窗板法

（E）代用法（十）

①單純代用法（七）②複雜代用法（三）

（a）平方式暗號法（一）（b）計算尺暗號法（一）（c）圓盤暗號法（一）

（d）利用自動計算機加密的暗號

（F）媒介法（九）

【第八】奇異的動機（三十九）

（A）感情的犯罪（二十）

①戀愛（一）②復仇（三）③優越感（三）④自卑感（四）⑤逃避（五）

⑥利他的犯罪（四）

（B）利慾的犯罪（七）

①繼承遺產（一）②逃稅（一）③保身防衛（三）④保守秘密（二）

（C）異常心理的犯罪（五）

①殺人狂（二）②藝術的殺人（二）③戀父情結（一）

（D）信念上的犯罪（七）

①宗教信念（一）②思想上的信念（二）③政治上的信念（一）④迷信（三）

【第九】足智多謀的揭發犯罪線索（四十五）

（A）物質性線索的機智（十七）

（B）心理性線索的機智（二十八）

（《續幻影城》早川書房，一九五四〔昭和二十九〕年六月）

附錄二

江戶川亂步短篇傑作選〈兩分銅幣〉

上

「真羨慕那個小偷。」那時兩人談天的內容已經是吃緊到說這種話了。

位於偏僻地區的寒酸木屐店二樓，僅有一間六張榻榻米大的房間，裡面擺著兩張一閑張[1]的破桌，那時的松村武和我無所事事，只會任意想像些奇怪的幻想。兩人寸步難行，不管做什麼都已經走投無路，剛好這時他們看到轟動社會的大盜，對大盜巧妙的手段不由得起了心生羨慕的卑鄙念頭。

這起竊案和本故事的主要情節大有關係，因此請容我在此簡略說明。

這是發生在芝區的某大電廠工人發薪日當天的事。十幾名工資計算人員，根據將近一萬張工人的打卡單，計算每人一個月的薪資，他們渾身是汗，忙著把二十圓、十圓、五圓等等的紙鈔裝進堆積如山的薪資袋，這些錢當天才從銀行領出來，連最大的中國木箱[2]都被裝得滿滿，此時有一位紳士進入辦公室的玄關。

女接待員詢問他的來意，對方表示「我是朝日新聞的記者，想拜會經理」。於是女接待員拿著印有東京朝日新聞社會部記者頭銜的名片去通報經理。

正好這位經理，是個自豪很懂得操弄新聞記者的男人。不僅如此，雖然他覺得對新聞記者吹牛，把自己的話當成某某名人談登報，這種行為很孩子氣，但無論是誰都不會排斥這種事。於是這名自稱社會部記者的男子，倒是很愉快地被請進經理辦公室。

這名男子戴著玳瑁粗框眼鏡，嘴上留著漂亮的鬍子，一身時尚的黑色晨禮服，搭配流行的折疊式公事包，架式熟練地在經理面前的椅子坐下。然後從香菸盒取出昂貴的埃及紙捲菸，俐落地拿起桌上菸灰缸旁的火柴點燃，朝經理的眼前「呼」地吐出帶點青色的煙。

「請教閣下有關工人待遇問題，您有什麼意見？」

什麼啦、那個什麼啦，他一副新聞記者特有的架勢，不把對方放在眼裡，雖然如此，這名男子如此開口，總覺得帶有天真無邪、和藹可親的口吻。

於是經理對於勞動問題，大概是勞資協調、溫情主義之類的議題大發議論，這些事和故事無關所以省略不談，在經理辦公室待了約三十分鐘後，這名新聞記者趁經理陳述一番結束的空檔，說了聲「失陪一下」去上廁所，就此消失蹤影。

經理覺得這傢伙真是沒禮貌，也沒特別放在心上，這時剛好是午餐時間，他就外出去餐館用餐了，過了一會兒他外帶附近西餐廳的牛排，正在大口享用時，男會計主任卻一臉沉重地飛奔到他面前報告：

「公司要發的薪水不見了，被偷了！」

經理驚訝地把午餐扔下不管，來到遺失款項的現場查看，而這起突如其來的竊案詳情，大致可以想像如下所述。

剛好那時候這座工廠的辦公室正在改建，因此平常計算薪資的工作本來在嚴鎖門戶的特別房間進行，那天卻暫時改到經理辦公室隔壁的接待室處理，而且到了午餐休息時間，不知道是哪裡出了差錯，那間接待室竟然空無一人。辦事員彼此都以為有人會留下來，統統都去餐廳吃飯了，後來那些裝滿中國木箱的鈔票捆，就被放在門沒鎖的房間裡長達約半小時。肯定是有人趁著空檔偷偷進來，把鉅款拿走了。不過小偷沒碰已經裝進薪資袋的錢，還有零碎的紙鈔，只拿走了中國木箱中的二十圓和十圓紙鈔，損失金額約五萬圓。

經過各種調查後，結果還是判定方才來過的新聞記者很可疑。打電話給報社查證，對方回覆一如所料，他們公司沒有這個男員工。於是，打電話報警後，公司也不能延後發工資，又重新委託銀行準備二十圓和十圓紙鈔，鬧得大家一陣混亂。

那位自稱新聞記者，讓老實的經理白白議論一番的男子，其實是當時報紙以紳士竊賊的尊稱大書特書的大盜。

就這樣，管區警察局的司法主任等人來過現場搜查後，並未發現任何線索。竊賊當然不是什麼普通的小子，更不可能會遺留什麼證物。唯一清楚的，是那名男子留在經理記憶中的容貌風采，但這種事也非常不可靠。畢竟服裝等打扮隨時可以更換，經理提出的線索，不管是玳瑁框的眼鏡、嘴上的鬍子，仔細想想那都是變裝最常使用的手法，根本靠不住。

於是無可奈何之下，警方只能盲目搜查，向附近的車夫、香菸店的老闆娘、攤販等人一一打聽，是否有看到如此相貌的男子，如果有看到往哪個方向走了。當然竊賊的人像素描也遍發給市內各警局派出所。總之已經布下搜索線，卻還是沒有任何效果。過了一天、兩天、三天，所有手段都用盡了。派人監視各停車場，也發電報給各縣市的警察局請求協助。

如此過了一星期，竊賊還是不見蹤影，已經令人陷入絕望了。只能等那個竊賊有犯下其他罪行被捕的機會。工廠的辦公室每天每日都打電話到警察局，責備當局怠慢職務，搞得好像是署長自己的罪過一樣，令人煩惱。

在這種絕望的狀態中，有一名隸屬於該警局的刑警，細心地遍訪市內的每一家香菸店。

市內備有各種進口香菸的香菸店，在各區多則幾十家，少則有十家左右。刑警幾乎走遍了這些店家，現在只剩靠山區的牛込與四谷區內還沒去過。

刑警覺得今天查訪這兩區若還是沒有達成目標，就真的絕望了，就像宣讀彩券中獎號碼的時候，難以形容是期待還是害怕的感覺，一步步地一直走下去。他時常在派出所前止步，向巡警打聽香菸店的地點，一邊繼續向前走。刑警滿腦子只有FIGARO、FIGARO、FIGARO……這個埃及香菸的品牌。

然而，就在他打算從飯田橋的電車站前往神樂坂，去找一家位於牛込神樂坂的香菸店，走在那條大馬路上時。刑警忽然在一家旅館前駐足。因為在那家旅館前，兼作下水道蓋子的花崗岩鋪路石上，掉了一根香菸的菸蒂，如果不是夠細心的人，根本不會注意到。而且，那個菸蒂竟然剛好和刑警到處找的埃及香菸一樣。

接著，刑警就從這根香菸菸蒂提供的線索，終於把如此難對付的紳士竊賊也送進監獄，從香菸菸蒂到逮捕竊賊的過程，有些類似偵探小說的趣味，因此當時的某報紙，甚至連載刊登了當時某某刑警的居功自傲之談——我這篇記述，其實也是根據那篇報導而來——為了趕緊往下說，很遺憾時間不夠，這裡我只能極為簡單地說明結論。

就像讀者也能想像到的，這位令人欽佩的刑警之所以能往下偵查，根據的是竊賊在工廠經理辦公室留下的罕見香菸菸蒂。而且，他幾乎走遍了各區的大香菸店，但即使店家備有一樣的香菸，FIGARO也是埃及菸中銷路比較差的，最近販賣的店家極少，因此買家全都一清二楚，沒有任何值得懷疑的對象。

然而終於到了最後這一天，就像剛才說過的，刑警偶然在飯田橋附近的一家旅館前，發現了相同的菸蒂。其實他也是瞎矇進去那家旅館查探，但竟然僥倖地成為逮捕犯人的線索。

於是，經過了各種費盡心血，結果投宿那家旅館的香菸主人，卻和工廠經理描述的長相完全不同，警方只好想辦法費了一番苦心，總算在那名男子房間的火盆底部，發現了犯案用的晨禮服與其他服裝、玳瑁框眼鏡，以及假鬍子等等，證據確鑿，成功逮捕了所謂的紳士盜賊。

那麼，根據小偷接受偵訊時的供詞，犯案當天——他當然知道那天是工人的發薪日才去拜訪——他趁經理不在的時候，進入隔壁的計算室偷走那筆錢，折疊公事包裡只放了雨衣和鴨舌帽，他取出後再把部分偷來的紙鈔替代放進公事包，然後摘下眼鏡、取下嘴上鬍子，用雨衣把晨禮服的打扮罩住，戴上鴨舌帽取代紳士帽，最後從和來時不同的出口，一臉若無其事地逃走。那些小面額的紙鈔高達五萬圓，這麼大筆錢是怎麼沒讓任何人起疑帶走的？紳士盜賊對於這個問題，露出竊笑得意洋洋地回答：

「我們全身上下都是口袋，證據可以檢查一下被扣押的晨禮服。乍見下是一般的晨禮服，不過其實就像魔術師的服裝一樣，到處都有暗袋。藏個五萬圓的錢根本不成問題，中國魔術師甚至還能把裝了水的大碗公藏在身上呢。」

那麼，如果這起竊盜案就這麼結束，也沒什麼意思了，不過這裡有一個奇妙的點和一般的竊賊不同。而且這和我要說的故事主題大有關係。

事情就是，這名紳士竊賊對於被偷的五萬圓藏哪裡，一句也不肯招供。警察、檢察院、公審法庭，這三道關卡用盡各種手段拷問，他仍一口咬定不知道。而且到了最後，他甚至瞎說大概只用了一星期就把錢都花光了。

有關當局也只能透過偵查的力量找出那筆錢的下落了，而且據說找得很認真，還是完全一無所獲。於是這名紳士盜賊，也因為藏匿五萬圓的事由，被判處對竊盜犯來說相當重的徒刑。

傷腦筋的是被害者工廠。工廠比犯人更想找到五萬圓。當然警方並不會停止搜索那筆錢，但總覺得緩不濟急。因此，身為工廠當前負責人的經理，為了找到那筆錢，公告了將以找到金額的一成作為懸賞，也就是五千圓。

接下來我要說的，就是關於我和松村武有點趣味的故事，發生在這起竊案演變至如此地步的時候。

中

如同這個故事的開頭稍微提過，這時候的我和松村武，正在偏僻的木屐店二樓的六張榻榻米房間裡，已經寸步難行、走投無路，在貧窮的最底層滿地打滾。

但是，在一切的悽慘中，還是有幸運的事，剛好這時是春天。這是只有窮人才懂的一個秘密，從冬末到夏初，窮人可以賺不少錢。不對，是感覺好像賺到。因為這時候可以把寒冷時才需要的外褂、內衣，甚至很糟的時候，可以把寢具、火盆之類的送去當鋪的倉庫。我們受益於這種氣候的恩惠，免於擔心未來的事，例如明天要怎麼辦、月底要付的房租從哪籌措之類的，可以暫時喘口氣。而且，也可以去有一陣子去不了的澡堂，還能去理髮，在餐館也可以揮霍一下，點個一合[3]生魚片什麼的取代平常的味噌湯和醃菜。

有一天，我從澡堂舒服地回來，撲通地坐在滿是傷痕快要壞的一閑張桌子前，這時本來獨自一人的松村武，一臉帶有奇妙興奮的表情問我：

「是你把這個兩分銅幣放在我桌上的吧？那是打哪來的？」
「對啊，是我放的。那是剛才買菸找的零錢。」
「哪裡的香菸店？」
「飯館隔壁的，那個老太婆經營，生意不好的那家。」
「嗯——是嗎。」
不知為何，松村認真陷入沉思。然後，他又糾纏不休地問起那枚兩分銅幣。
「你那時候、你買菸的時候，外面有客人嗎？」
「我記得應該沒有。對，不可能有。那時候老太婆在打瞌睡。」
聽到這個答案，松村好像安心了。
「不過，那家香菸店除了那個老太婆以外，還有些什麼人？你知道嗎？」
「我和那個老太婆是好朋友，因為她那憂鬱的臭臉剛好適合我異於常人的嗜好。所以我對那家香菸店算是很熟，那裡除了老太婆以外，只有一個比老太婆更愁眉不展的老頭子。可是你問這種事要做什麼，怎麼了嗎？」

「沒什麼，小事而已。對了，既然你很熟，可以再多說點那家香菸店的事嗎？」

「嗯，說說也無妨。老頭子和老太婆有一個女兒。我見過他們女兒一兩次，長相還算不差。反正聽說她嫁給監獄的送貨員了，那個送貨員的生活過得相當不錯，所以女兒會補貼家用，那家生意差的香菸店才沒倒，勉勉強強經營到現在，我記得老太婆曾經這麼說過……」

當我開始說起這些有關香菸店的見聞時，令人驚訝的是明明是松村武要我說的，他卻好像已經聽不下去似地站起身來。然後他開始在狹窄的日式房間中，活像隻動物園的熊，慢吞吞地走遍每個角落。

我們兩人平常都是相當隨意任性的人，話講到一半突然站起來，也不是什麼稀奇的事。不過這時松村的態度怪得令我沉默不語。松村就這樣在房間裡來回走來走去，大概到處走了約三十分鐘。我饒有興味沉默地觀察他。這種景象若有旁觀者看到，一定會以為他好像瘋了。

就在他來回走動的時候，我肚子餓了起來。剛好已經到了晚餐時間，洗過澡的我總覺得更餓了。於是，我問還在瘋狂走路的松村要不要去飯館，他卻回我「抱歉，你一個人去吧。」我只好自己去了。

然後，我吃飽從飯館回來，松村叫了個按摩師來按摩，真是稀奇。那是我們以前的熟人，盲啞學校的年輕學生，他抓著松村的肩膀，並頻頻發揮他天生的聊天專長。

「你別覺得我很奢侈，這是有原因的。好啦，你就暫時別說話看著吧，不久你就會明白了。」

松村對我先發制人，一副預防我指責的樣子說道。昨天好不容易說服當鋪的掌櫃，倒不如說是強奪才拿到的二十多圓，這筆共有財產的壽命，已經被這筆按摩費六十錢縮短了，此時肯定算是一種奢侈。

我對松村這種不尋常的態度，心生某種難以形容的興致。於是我坐在自己的桌子前，拿出在舊書店買來的故事書之類的，裝出一副專心閱讀的模樣，但其實我悄悄地偷看著松村的一舉一動。

按摩師回去之後，松村也坐在我的桌子前，好像正在看什麼紙片的樣子，不久後他從懷裡拿出另一張紙片放在桌上。那是一張極薄，約兩寸見方的小紙片，只見寫滿了細小的文字。他好像很熱衷於比較研究這兩張紙片。然後他用鉛筆在報紙的空白處，寫了什麼又擦掉，一直寫了又擦的。

就在他做這些事的時候，電燈亮了，賣豆腐的喇叭聲經過大街上，人來人往的行人似乎要去參加廟會，人龍綿延了一段時間，等到沒有行人了，傳來中國拉麵店哀戚的嗩吶聲，不知不覺夜已深了。儘管如此，松村依舊埋頭於這件奇妙的工作，連飯都忘了吃。我沉默地鋪好自己的床倒頭躺下，雖然無聊，除了把已經看過一遍的故事書再反覆看過，也沒別的事可做了。

「你有東京地圖嗎？」

松村突然轉頭這麼問我。

「哎，我應該沒有那種東西，去樓下問問老闆娘吧。」

「嗯，說的也是。」

他立刻站起來，嘎吱嘎吱地走下梯子，不久後借來了一張快從摺痕處破裂的東京地圖。然後他又坐在桌前，熱衷地繼續研究。我以愈來愈旺盛的好奇心觀察著他的樣子。

樓下的時鐘敲響了九點的鐘聲。松村長時間的研究看來似乎告一段落了，他從桌前站起來往我的枕頭邊坐下。然後好像有些難以啟齒地說：

「你可不可以給我十圓？」

松村這個不可思議的舉動，還不能對讀者坦白，我對此非常感興趣。正因如此，雖然十圓對當時的我們而言，是所有財產的一半，要給他這麼大筆金額，我仍毫無異議。

松村從我手上接過十圓鈔票後，立刻穿上一件舊襯裡和服，搭配皺巴巴的鴨舌帽，一言不發就拂袖出去了。

留下我一人對松村之後的行動左思右想各種的猜測。然後就在我一個人暗自發笑時，不知不覺迷迷糊糊地進入夢鄉。過了許久在半睡半醒之間，我感覺松村回來了，之後就什麼都不知道，睡得很熟一覺到早上。

相當貪睡的我，睡到了十點左右吧，睜眼一看被枕頭旁站立的奇怪東西嚇了一跳。那是一個身穿條紋和服，繫著角帶，紮著藏青色圍裙，有商人氣息的男子，他背著個不小的包袱站在那裡。

「你這什麼奇怪的表情，是我啦。」

這名男子竟然用松村武的聲音這麼說道，真令人訝異。仔細一看，那的確是松村沒錯，因為裝扮完全變了，我一時之間才會搞不清楚狀況。

「怎麼了？幹嘛背個包袱？而且你怎麼這副打扮？我還以為你是哪家店的掌櫃。」

「噓！噓！你別那麼大聲。」松村雙手比出壓低聲音的姿勢，用喃喃細語的小音量說：「我帶了不得了的禮物來了。」

「你這麼早是去哪裡了？」

我也受他古怪的舉動影響，不自覺壓低音量問他。接著松村一臉充滿怎麼忍也忍不住，滿溢出來的傻笑，他把嘴巴湊到我耳邊，用比之前更低、似有若無的聲音這麼說道：

「告訴你，這個包袱裡裝了五萬圓的錢呢！」

下

就像讀者也已經料到的，松村武不知從哪裡把那個紳士盜賊藏的五萬圓拿來了。他如果帶去還電廠，這五萬圓還能獲得五千圓的懸賞金。然而松村表示他不打算這麼做，而他的理由說明如下。

據他表示，太老實呈報這筆錢，不僅愚蠢還同時非常危險。有關當局專業的刑警們，花了約一個月到處找都還找不到這筆錢。縱使我們就這樣收下來，又有誰會懷疑，而且對我們來說，五萬圓比起五千圓不是更值得高興嗎？

而且最該害怕的，是那傢伙、紳士盜賊的報仇。這傢伙很可怕，寧願犧牲自己延長刑期也要藏匿的款項，要是知道被搶走了，那個傢伙是幹壞事的天才，不可能會放過我們——松村以敬畏盜賊的口吻說道——光是保持沉默就很危險了，要是想還給失主，獲得懸賞金，松村武的名字立刻會出現在報紙上。那不就是特意告訴他敵人的下落嗎？

「不過至少在現在，我贏了那個傢伙。欸你看，我贏了那個天才大盜。這時候拿到五萬圓當然很值得開心，但我的勝利快感更是不得了啊！我的頭腦很聰明，至少你得承認比你聰明吧。引導我找出這個大發現的，是你昨天放在我桌上那個香菸找零的兩分銅幣。你沒發現那枚兩分銅幣的一點細節，但我注意到了。而且我只從一枚兩分銅幣就找出了五萬圓的金額，欸，你看五萬圓可是兩分錢的兩百五十萬倍呢，這是什麼意思你知道嗎？就是至少我的頭腦比你的優秀對吧！」

兩個青年多少算是知識分子，一起生活在一間房間裡，會競爭誰的頭腦好，也是極為理所當然的事。松村武和我平常有空就經常展開論戰，當我們忘情地聊天時，不知不覺天亮了也不稀奇。而且松村和我都互不相讓，彼此都主張是「我的頭腦比較好」。於是松村想以這個功勞——極為偉大的功勞——證明我們兩個頭腦的優劣。

「知道了，知道了。你就別再逞威風了，說說你怎麼拿到這筆錢的經過吧。」

「先別急，我覺得比起說明過程，倒不如多想想這五萬圓的用途。不過，為了滿足你的好奇心，我就稍微簡單地談談這段艱難的過程吧。」

可是，那絕非只是為了滿足我的好奇心，更是為了滿足他自己的虛榮心。總之，他講出所謂的艱難過程，如下所述。我則不客氣地待在被子裡，仰望他動得揚揚得意的下巴周圍，豎耳傾聽。

「昨天你去澡堂後，我玩弄著那枚兩分銅幣時，奇妙地發現了銅幣的四周有一條線。我覺得這好怪，仔細檢查後，竟然發現驚人的事，那枚銅幣裂成兩半了，你看。」

他從桌子的抽屜拿出那枚兩分銅幣，正好宛如打開寶丹[4]容器的樣子，旋轉螺紋上下打開。

「你看，這個，中間有空洞。這是用銅幣做成的某種容器。你看這工藝多麼精巧，和普通的銅幣完全沒兩樣。看到這個，我就有個推測。我曾經聽說越獄高手用的鋸子，是把懷錶的發條弄成鋸齒狀，外表很像矮人島的帶鋸，再把兩枚銅幣磨薄製成容器，放進帶鋸，只要這麼做，據說無論多麼嚴密的牢房鐵條，都能輕易鋸斷越獄，聽說這原本是外國小偷傳過來的手法。因此，我想像這枚兩分銅幣，應該也是從這種小偷手上，不知經過怎樣的混亂才流出來的。然而，奇妙的不只這點。因為比起這枚兩分銅幣，從銅幣裡拿出的一張紙片更引發了我的好奇心。這就是那張紙片。」

那就是昨晚松村拚命研究的薄薄小紙片。那張約兩寸見方，如薄葉般的日本紙上，以細小的字體寫著以下這段莫名其妙的內容：

陀，無彌佛，南無彌佛，阿陀佛，彌，無阿彌陀，無陀，彌，無彌陀佛，無陀，陀，南無陀佛，南無佛，陀，無阿彌陀，無陀，南佛，南陀，無彌，無阿彌陀佛，彌，南阿陀，無阿彌，南陀佛，南阿彌陀，阿陀，南彌，南無彌佛，無阿彌陀，南無彌陀，南彌，南無彌佛，無阿彌陀，南無陀，南無阿，阿陀佛，無阿彌，南阿，南阿佛，陀，南阿陀，南無，無彌佛，南彌佛，阿彌，彌，無彌陀佛，無陀，南無阿彌陀，阿陀佛，

「我覺得這段看起來好像和尚說夢話的內容是什麼啊。一開始我以為是亂寫，可能是悔改前非的小偷什麼的，為了消弭罪過才寫了一堆南無阿彌陀佛，然後再把紙代替越獄的工具放進銅幣中。可是說來奇怪，他又不是連續寫南無阿彌陀佛。他都是寫陀或無彌陀之類的，雖然全都在南無阿彌陀佛這六個字範圍內，但沒有任何一個是完整六個字。有的少一個字，也有少四、五個字的。我察覺這並非只是亂寫。

剛好這時候，傳來你從澡堂回來的腳步聲。我趕緊把兩分銅幣和那張紙片藏起來。為什麼要藏呢？我自己也不清楚，大概是想獨占這個秘密吧。我想等一切真相大白後給你看，好向你誇耀一番。然而，正當你爬上梯子的時候，我的腦袋突然有個了不起的想法靈光一閃。我想到的，就是那個紳士盜賊。雖然不知道他把五萬圓的紙鈔藏在哪裡，但他總不會願意放著直到刑期屆滿吧。因此他一定有手下或搭檔可以保管那筆錢。現在假設他因為突然被捕，還沒來得及通知搭檔五萬圓藏哪裡，那他該怎麼辦？以他的狀況，只能趁待在拘留所期間，用某種方法聯繫同伴。這張來路不明的紙片，如果就是通信文的話……

這樣的想法閃過我的腦袋，這當然是幻想，不過是有點天真的幻想。於是我才會問你兩分銅幣的來源。可是你卻說香菸店的女兒嫁給監獄的送貨員，如果待在拘留所的小偷想與外界通信，利用送貨員當媒介是最容易的方式。然後，如果這個計畫因為某種情況出了差錯，那通信的內容就留在了送貨員手上。而信又被那家的女兒送到了娘家，如果不這樣解釋又該怎麼說呢？哎呀，我完全入迷了。

那麼，如果這張紙片上無意義的文字是一種暗號，那麼解開的鑰匙是什麼？我在這間房裡四處走動思考著，要破解相當困難，即便全部挑出來看，也只有南無阿彌陀佛這六個字和逗號。用這七個記號可以拼成怎樣的詞句呢？

我以前稍微研究過暗號文。雖然我不是夏洛克．福爾摩斯，但我也知道一百六十種左右的暗號寫法。（請參閱《小舞人探案（*Dancing Men*）》）

接著，我把我所知道的暗號記法，一一在腦海中浮現回想，然後尋找類似這張紙片上的符號，費了我不少時間。我記得那時你還邀我一起去飯館吧？我拒絕你拚命在思考。最後，我只發現兩種有點相似的暗號。

一種是 Bacon 發明的 two letter 暗號法，這是僅利用 a 和 b 這兩個字母做各種組合，即可拼出各種詞句。例如，想要表達 fly 這個詞，就拼成 aabab, aabba, ababa。

另一種是查理一世的王朝時期，盛行於政治的機密文書，以一組數字替代羅馬字母，例如——」

松村攤開桌角的一張紙片，上面寫著以下文字：

ABCD……………………………………

1111　1112　1121　1211……………………………………

「換句話說，這做法是用一千一百一十一代替A；一千一百一十二代替B。我想像這組暗號也和這些例子一樣，是用南無阿彌陀佛做各種組合取代伊呂波四十八字[5]。

然後，要破解這個暗號的方法，如果是英文、法文或德文，只要像愛倫·坡的《金甲蟲（*Gold bug*）》一樣找出e就好辦了，但傷腦筋的是，這組暗號肯定是日文。為了慎重起見，我試了一下坡的歸類法，但仍一籌莫展，我在這裡忽然陷入僵局。

六個字的組合、六個字的組合，我一直想著這個，又繞著房間走動。我覺得這六個字應該有某種暗示，所以我試著盡量想出能夠用六這個數字組成的東西。

在我胡亂排列六個數的字組時，忽然想起故事書中曾提到真田幸村的六文錢旗幟。這種東西和暗號應該一點關係也沒有，但不知為何我卻在口中嘟囔著「六文錢」。

此時，就在這時候，我靈光乍現，有東西從我的記憶中竄出。那就是把六文錢直接縮小，盲人使用的點字。我不禁大叫「真妙！」。畢竟這可是五萬圓的問題。

我對點字並不熟悉，只記得是六個點的組合。因此我才會立刻叫按摩師來教我，這就是按摩師告訴我的點字伊呂波假名。」

松村說著從桌子的抽屜拿出一張紙片，上面排列寫著點字的五十音、濁音符、半濁音符、拗音符、促音符、長音符、數字等等。

「現在，先把南無阿彌陀佛從左邊開始，每三字為一組排成兩行，就形成和點字一樣的排列了。南無阿彌陀佛的每個字和點字的各點剛好相符。這樣一來，點字的ア（A）就是南、イ（I）就是南無，暗號就能依此類推應用解開了。所以，這個就是我昨夜解開暗號的結果。最上方那一列是把原文的南無阿彌陀佛排列成和點字一樣；中間那一列是對應的點字；而最下面那列是翻譯的結果。」

松村說著，又拿出像上面那種紙片。

「ゴケンチヨーシヨージキドーカラオモチヤノサツヲウケトレウケトリニンノナハダイコクヤシヨーテン（自五軒町正直堂領取玩具鈔領收人之名為大黑屋商店）。意思也就是去五軒町的正直堂領取玩具鈔，領取人的名字是大黑屋商店。意思很清楚，可是為什麼要去領什麼玩具鈔？於是，這又讓我思考了一會兒。不過，這個謎題相較之下輕易就解開了。而且讓我由衷佩服那名紳士盜賊，他的頭腦聰明又靈活，還富有小說家的機智。欸，你覺不覺得玩具鈔很厲害？

我這麼想像，而且幸運的是，我完全料中了。紳士盜賊考量若有個萬一，

陀	彌 無 佛	南彌 無 佛	陀 阿佛	彌	彌 無陀 阿	無陀	彌	彌 無陀 佛	無陀	陀	南 無陀 佛	南 無 佛
○○ ○● ○○	○● ●○ ○●	●● ●○ ○●	○○ ○● ●●	○● ○○ ○○	○● ●● ●○	○○ ●● ○○	○● ○○ ○○	○● ●● ○●	○○ ●● ○○	○○ ○● ○○	●○ ●● ○●	●○ ●○ ○●
濁音符	ゴ	ケ	ン	チ	ョ	ー	シ	ョ	ー	濁音符	ジ	キ
陀	彌 無陀 阿	無陀	南 佛	南 陀	彌 無	彌 無陀 阿佛	彌	南 陀 阿	彌 無 阿	南 陀 佛	南彌 陀 阿	陀 阿
○○ ○● ○○	○● ●● ●○	○○ ●● ○○	●○ ○○ ○●	●○ ○● ○○	○● ●○ ○○	○● ●● ●●	○● ○○ ○○	●○ ○● ●○	○● ●○ ●○	●○ ○● ○●	●● ○● ●○	○○ ○● ●○
濁音符	ド	ー	カ	ラ	オ	モ	チ	ャ	ノ	サ	ツ	ヲ
南彌	南彌 無 佛	彌 無陀 阿	南彌 無陀	南彌	南彌 無 佛	彌 無陀 阿	南 無陀	南 無 阿	陀 阿佛	彌 無 阿	南 阿	南 阿佛
●● ○○ ○○	●● ●○ ○●	○● ●● ●○	●● ●● ○○	●● ○○ ○○	●● ●○ ○●	○● ●● ●○	●○ ●● ○○	●○ ●○ ●○	○○ ○● ●●	○● ●○ ●○	●○ ○○ ●○	●○ ○○ ●●
ウ	ケ	ト	レ	ウ	ケ	ト	リ	ニ	ン	ノ	ナ	ハ
陀	南 陀 阿	南 無	彌 無 佛	南彌 佛	彌 阿	彌	彌 無陀 佛	無陀	南彌 無陀 阿	陀 阿佛		
○○ ○● ○○	●○ ○● ●○	●○ ●○ ○○	○● ●○ ○●	●● ○○ ○●	○● ○○ ●○	○● ○○ ○○	○● ●● ○●	○○ ●● ○○	●● ●● ●○	○○ ○● ●●		
濁音符	ダ	イ	コ	ク	ヤ	シ	ョ	ー	テ	ン		

事先肯定準備了藏贓款最安全的地點。再說了，全世界最安全的藏法就是不藏，暴露於眾人眼前，而且任誰也不會察覺的藏法才是最安全的。

我可以想像那個驚人的傢伙注意到這點，所以他想出了玩具鈔這個巧妙的把戲。我想，那家正直堂可能是印刷玩具鈔的店家——這也被我猜中了——他真的用大黑屋商店的名義事先訂了一批玩具鈔。

最近聽說和真品沒兩樣的玩具鈔，在花街柳巷之類的地方很流行。這是我聽誰說過的？啊，對了，是你有一次提到的。最近，風流人士把一些逼真的玩具，例如驚喜彈跳箱、泥巴做的點心、水果，以及假蛇玩具等等，用來嚇女孩子取樂。所以，他就算訂了和真鈔一樣尺寸的鈔票，也絲毫不會受到懷疑。

先這樣準備後，等他順利偷出真鈔，可能再潛入那間印刷店把真鈔和自己訂購的玩具鈔掉包。這麼一來，在訂貨人前往取貨前，五萬圓這筆全國通行的紙鈔，就能當作玩具鈔，安全地留在印刷店的庫房了。

這或許只是我的想像，不過這個想像相當有可能。總之我下定決心要去查探看看。我在地圖上尋找五軒町這個地名，找到在神田區內。於是我總算要去領玩具鈔，但這裡有點困難，因為，我不能留下任何去取鈔的痕跡。

如果被人知道了，不知道那個可怕的壞蛋會怎麼報仇，光想到就讓懦弱的我背脊發涼了。總之，我必須盡量看起來不是我，所以才會那樣變裝。我用那十圓從頭到腳換了一身裝束。你看看，這是個還不錯的主意對吧！」

松村說著露出他整齊的門牙。我從剛才就注意到，他嘴裡有顆金牙閃閃發光。他洋洋得意地用指尖摘下金牙，遞到我眼前。

「這是夜市賣的，在鍍錫鐵上鍍金，只是套在牙齒上的東西，僅僅二十錢的鍍錫鐵碎片就能發揮大用處。金牙這種東西非常引人注意，所以將來如果有人要找我，首先就會用這顆金牙當作目標吧！一切準備妥當後，今天一早我就前往五軒町了。我擔心的一件事，是那筆玩具鈔的貨款。那個竊賊一定會怕店家轉賣給別人，先預付款項了，但如果還沒付錢，至少需要二、三十圓吧，很不巧的我們手頭沒那麼多錢。到時只好想辦法蒙混過去，我就不顧一切出門了——果然如我所料，印刷店對錢的事什麼話也沒說，就把商品交給我了——就這樣，我漂亮順利奪得五萬圓……那麼該想想用途了，怎麼樣，你有什麼想法嗎？」

松村很難得如此興奮，這麼大肆雄辯地說話。我由衷對五萬圓的金錢威力感到驚嘆。雖然我應該避免每次繁瑣的形容，但松村談這段艱苦的過程時，那種眉飛色舞的模樣實在值得一看。雖然他非常努力不想讓臉上露出輕浮的開心表情，但努力又努力之後，依然無法隱藏從內心深處油然而生、難以形容的喜悅笑容。

他說話時偶爾露出一絲笑容，那種無法形容的瘋癲笑容，反倒令我覺得可怕。但是，我也聽過古時候有窮人中了一千兩彩券而發瘋的故事，因此松村為了五萬圓狂喜也絕非毫無道理。

我希望他的喜悅能永遠持續下去，為了松村，我如此祈願。

然而對我來說，有件無論如何也不能改變的事實，讓我迸發出想忍也忍不了的笑聲。雖然我訓斥自己不該笑出來，但我心中喜歡惡作劇的小惡魔，卻對此事不氣餒地搔癢逗我笑。害我更加放聲大笑，簡直像看到最可笑的滑稽劇一樣。

松村目瞪口呆，他看著捧腹大笑的我，然後一臉好像碰到怪東西地說：

「你是怎麼了？」

我好不容易忍住笑意回答：

「你的想像力實在了不起，能幹下這麼件大事。我一定會比以前更加倍尊敬你的腦袋。誠如你所言，要比聰明我比不上你。不過，你相信現實有這麼傳奇嗎？」

松村沒有回應，以一種異常的表情凝視我。

「換句話說，你覺得那名紳士盜賊真的如此機智過人嗎？以小說而言，我承認你的想像確實無可挑剔，但是這世界比小說現實多了。而且，如果要針對小說來討論的話，我想稍微提醒你一點，那就是，這篇暗號文難道沒有其他的解法嗎？意思也就是，你翻譯的文字，難道沒有再次被翻譯的可能嗎？譬如這個詞句，能不能每隔八個字跳讀呢？」

我說著把松村寫的暗號翻譯文加上以下的記號：

ゴケンチョーショージキドーカラオモチャノサツヲウケトレウケトリニンノナハダイコクヤショーテン

「ゴジャウダン，你知道這『開玩笑』是什麼意思嗎？咦，難道這是偶然嗎？意思會不會是某人的惡作劇呢？」

松村不發一語站起身來。然後把他確信裝有五萬圓鈔票捆束的那個包袱，拿到我面前。

「可是，要怎麼解釋這個鐵證，五萬圓可不是從小說中生出來的。」

他的聲音飽含著決鬥時的認真，我害怕了起來，而且不禁對自己的小惡作劇得到意料外的巨大效果，感到後悔不已。

「我對你做的事真的很抱歉，請你原諒我。你那麼視如珍寶拿回來的，其實是玩具鈔。哎，你可以打開仔細檢查。」

松村以一種奇異的手部動作，簡直像在黑暗中找東西一樣——見他如此，我更覺得過意不去——他花了很久時間才解開包袱。裡面有兩個用報紙精心包裹的方形紙包，其中一個的報紙已經破裂，露出裡面的東西。

「我在中途打開過這個，親眼看過了。」

松村說話的聲音如鯁在喉，繼續把報紙完全去除。

那是極為逼真的假鈔，乍看下所有方面都像真的。但是，若仔細一看，會發現這些鈔票的表面，印著大大的「團」字取代「圓」。不是二十圓、十圓，而是二十團、十團。

松村簡直不敢相信，重新看了好幾次。他臉上的笑影就在確認真假中完全消失，而後留下深深的沉默。我的心中滿是歉意，向他解釋是我惡作劇太過火了，可是松村置若罔聞，那天整天只是沉默著活像個啞巴。

這個故事到此已經說完了。不過為了滿足各位讀者的好奇心，我必須對自己的惡作劇說明幾句。

正直堂這家印刷店其實是我遠親開的，我某天被逼得走投無路、迫不得已時，想起這個平常老是借錢不還的親戚。然後我想或許能再借點錢，雖然不樂意，我還是拜訪了久違的親戚——當然這件事松村毫不知情——借錢的事一如預料的失敗了，但沒想到那時也讓我看到店裡正在印刷，與真鈔並無二致的玩具鈔。而且我還聽說，這是大黑屋這家多年老主顧訂購的貨品。

我把這個發現與我們每天的聊天話題，那個紳士竊賊聯想在一起，就想出這個無聊的惡作劇，設下一場騙局戲碼。那是因為我和松村一樣，平時渴望於能夠獲得展現自己優越的材料，以證明自己的聰明。

那篇不自然的暗號文當然是我編的，可是我不像松村那麼熟悉外國暗號史，只不過是一個偶然的念頭罷了。香菸店的女兒嫁給送貨員的說法也是胡說八道，首先連那家香菸店有沒有女兒都還是個問題。

不過，在這場戲中，我最擔心的不是這些戲劇性方面的事，而是最現實，可是以整體來看，極為雞毛蒜皮、帶有詼諧性的一點，那就是我看上的那批玩具鈔能不能一直留在印刷店裡，直到松村去領取還未被發送出去。

至於玩具鈔的貨款我一點也不擔心。我的親戚和大黑屋是採用定期結算的交易方式，而且更有利的是，正直堂採取極為原始、寬鬆的經商方式，松村不用特別把大黑屋老闆的提貨證明帶去，應該也不至於失敗。

最後，關於這個騙局的起點——那枚兩分銅幣，很遺憾我必須避免在此詳細說明。因為要是我寫得有所疏忽，日後送我那東西的人或許會蒙受意外之災。各位讀者就當作是我偶然持有吧！

譯註1　日本傳統貼紙後再塗漆的工藝品。
譯註2　原文作：支那鞄。多為木製貼外皮或紙的中國風箱子。
譯註3　容量單位，一升的十分之一。
譯註4　一種藥粉，可治頭痛、噁心、頭暈等等。
譯註5　現代日文改用五十音。

小感日常09

和日本文豪一起推理【上冊】

——江戶川亂步的破案筆記

作　　者　江戶川亂步
譯　　者　陳冠貴
版本出處　網路圖書館青空文庫
策　　畫　好室書品
特約編輯　陳靜惠、盧琳
校對協力　鍾宜芳
封面設計　白日設計
內頁排版　洪志杰

發 行 人　程顯灝
總 編 輯　呂增娣
主　　編　徐詩淵
編　　輯　鍾宜芳、吳雅芳
美術主編　劉錦堂
美術編輯　吳靖玟、劉庭安
行銷總監　呂增慧
資深行銷　謝儀方、吳孟蓉
發 行 部　侯莉莉
財 務 部　許麗娟、陳美齡
印　　務　許丁財
出 版 者　四塊玉文創有限公司

總 代 理　三友圖書有限公司
地　　址　一〇六台北市安和路二段二一三號四樓
電　　話　(02) 2377-4155
傳　　真　(02) 2377-4355
電子郵件　service@sanyau.com.tw
郵政劃撥　05844889 三友圖書有限公司

總 經 銷　大和書報圖書股份有限公司
地　　址　新北市新莊區五工五路二號
電　　話　(02) 8990-2588
傳　　真　(02) 2299-7900

製版印刷　卡樂彩色製版印刷有限公司

初　　版　二〇一九年七月
定　　價　新台幣二八〇元
ＩＳＢＮ　978-957-8587-77-9（平裝）

國家圖書館出版品預行編目 (CIP) 資料

和日本文豪一起推理（上冊）：江戶川亂步的破案筆記 / 江戶川亂步著；陳冠貴譯 .-- 初版 .-- 台北市：四塊玉文創 , 2019.07
面；　公分 .-- (小感日常 ; 09)
ISBN 978-957-8587-77-9(平裝)
譯自：探偵小説の「謎」

1. 偵探小說 2. 推理小說 3. 文學評論

812.7　　108008928

廣　告　回　函
台北郵局登記證
台北廣字第2780號

地址：　　　縣/市　　　鄉/鎮/市/區　　　路/街

段　　巷　　弄　　號　　樓

三友圖書有限公司　收

SANYAU PUBLISHING CO., LTD.

106　台北市安和路2段213號4樓

三友圖書
讀書俱樂部

「填妥本回函，寄回本社」，即可免費獲得好好刊。

粉絲招募歡迎加入
臉書／痞客邦搜尋
「三友圖書-微胖男女編輯社」
加入將優先得到出版社
提供的相關優惠、
新書活動等好康訊息。

四塊玉文創╳橘子文化╳食為天文創╳旗林文化
http://www.ju-zi.com.tw
https://www.facebook.com/comehomelife

【黏貼處】對折後寄回，謝謝。

親愛的讀者：

感謝您購買《和日本文豪一起推理【上冊】：江戶川亂步的破案筆記》一書，為感謝您對本書的支持與愛護，只要填妥本回函，並寄回本社，即可成為三友圖書會員，將定期提供新書資訊及各種優惠給您。

姓名＿＿＿＿＿＿＿＿＿＿ 出生年月日＿＿＿＿＿＿＿＿＿＿

電話＿＿＿＿＿＿＿＿＿＿ E-mail ＿＿＿＿＿＿＿＿＿＿

通訊地址＿＿＿＿＿＿＿＿＿＿＿＿＿＿＿＿＿＿＿＿

臉書帳號＿＿＿＿＿＿＿＿＿＿ 部落格名稱＿＿＿＿＿＿＿＿＿＿

1 年齡
□ 18 歲以下 □ 19 歲～ 25 歲 □ 26 歲～ 35 歲 □ 36 歲～ 45 歲 □ 46 歲～ 55 歲
□ 56 歲～ 65 歲□ 66 歲～ 75 歲 □ 76 歲～ 85 歲 □ 86 歲以上

2 職業
□軍公教 □工 □商 □自由業 □服務業 □農林漁牧業 □家管 □學生
□其他＿＿＿＿＿＿＿＿

3 您從何處購得本書？
□網路書店 □博客來 □金石堂 □讀冊 □誠品 □其他＿＿＿＿＿＿＿＿
□實體書店＿＿＿＿＿＿＿＿

4 您從何處得知本書？
□網路書店 □博客來 □金石堂 □讀冊 □誠品 □其他＿＿＿＿＿＿＿＿
□實體書店＿＿＿＿＿＿＿＿ □ FB(三友圖書 - 微胖男女編輯社)
□好好刊(雙月刊) □朋友推薦 □廣播媒體＿＿＿＿＿＿＿＿

5 您購買本書的因素有哪些？（可複選）
□作者 □內容 □圖片 □版面編排 □其他＿＿＿＿＿＿＿＿

6 您覺得本書的封面設計如何？
□非常滿意 □滿意 □普通 □很差 □其他＿＿＿＿＿＿＿＿

7 非常感謝您購買此書，您還對哪些主題有興趣？（可複選）
□中西食譜 □點心烘焙 □飲品類 □旅遊 □養生保健 □瘦身美妝 □手作 □寵物
□商業理財 □心靈療癒 □小說 □其他＿＿＿＿＿＿＿＿＿＿＿＿＿＿＿＿

8 您每個月的購書預算為多少金額？
□ 1,000 元以下 □ 1,001 ～ 2,000 元 □ 2,001 ～ 3,000 元 □ 3,001 ～ 4,000 元
□ 4,001 ～ 5,000 元 □ 5,001 元以上

9 若出版的書籍搭配贈品活動，您比較喜歡哪一類型的贈品？(可選 2 種)
□食品調味類 □鍋具類 □家電用品類 □書籍類 □生活用品類 □ DIY 手作類
□交通票券類 □展演活動票券類 □其他＿＿＿＿＿＿＿＿

10 您認為本書尚需改進之處？以及對我們的意見？
＿＿＿＿＿＿＿＿＿＿＿＿＿＿＿＿＿＿＿＿＿＿＿＿＿＿＿＿＿＿

感謝您的填寫，

您寶貴的建議是我們進步的動力！

【黏貼處】對折後寄回，謝謝。